KB117026

그러라 그래

그러라 그래

1판 1쇄 발행 2021. 4. 12.
2판 1쇄 인쇄 2023. 9. 12.
2판 1쇄 발행 2023. 10. 10.

지은이 양희은

발행인 고세규
편집 구예원, 봉정하   디자인 윤석진   마케팅 김새로미   홍보 박상연
발행처 김영사

등록 1979년 5월 17일 (제406-2003-036호)
주소 경기도 파주시 문발로 197(문발동) 우편번호 10881
전화 마케팅부 031)955-3100, 편집부 031)955-3200 | 팩스 031)955-3111

저작권자 © 양희은, 2021
이 책은 저작권법에 의해 보호를 받는 저작물이므로
저자와 출판사의 허락 없이 내용의 일부를 인용하거나 발췌하는 것을 금합니다.

값은 뒤표지에 있습니다.
ISBN 978-89-349-3920-7 03810

홈페이지 www.gimmyoung.com   블로그 blog.naver.com/gybook
인스타그램 instagram.com/gimmyoung   이메일 bestbook@gimmyoung.com

좋은 독자가 좋은 책을 만듭니다.
김영사는 독자 여러분의 의견에 항상 귀 기울이고 있습니다.

일러두기

1971년부터 50여 년 음악 인생과 함께한 글을 엮었습니다.
《이루어질 수 있는 사랑》(1993, 절판)과 〈월간 여성시대〉에 쓴 글을
일부 수정하여 더했습니다.

그러라 그래

양희은 에세이

김영사

인생이 내게 베푼 모든 실패와 어려움,

내가 한 실수와 결례,

철없었던 시행착오도 다 고맙습니다.

그 덕에 마음자리가 조금 넓어졌으니까요.

나는 내 목소리는 믿지 않아도 선생님의 목소리는 믿는다. 몇십 년의 세월 동안 같은 곳에서 노래로, 말로, 생각으로 약속처럼 자리해준 사람에 대한 자연스러운 신뢰일까. 종종 선생님의 이야기를 가까이서 들을 때면, 우리가 또래 친구로 만났으면 어땠을까 하는 조금은 당찬 상상을 하곤 했다. 그러나 책의 마지막 장을 넘기며, 그 값진 이야기를 공짜로 들을 수 있는 아이의 역할로 선생님을 만나게 된 것이 큰 행운이라는 생각이 들었다. 내가 좋아하는 선생님만의 다정함이란 바로 이런 것이다. 먼저 살아봤다는 이유만으로 이런 이야기들을 아무 대가 없이 들려주신다. 선생님의 목소리로 듣는 그 인생은 너무나 고된데, 희한하게도 지레 겁먹어 도망가고 싶지는 않다. 오히려 더 씩씩하게 맞서고 싶어진다. _아이유(가수)

늘 지혜롭고 여유만만해 보이던 인생 선배의 담담한 속 이야기. 말글 또한 노래만큼 귀하게 여기는 위대한 가수의 겸허한 삶 이야기. 글의 리듬, 단어의 온기가 마음을 찬찬히 어루만진다. 삶-그 쓸쓸함에 대하여. 삶-그 아름다운 쓸쓸함에 대하여. _이적(가수)

글을 읽는 내내 선생님이 따뜻하게 지어내신 밥을 먹고 있는 기분이었다. 평화롭게 선생님 이야기를 들으며 밥을 먹고 나면 또 정성껏 잘 살아갈 힘이 나곤 한다. 삶이 쉽지 않은 세상의 많은 '어린 희은이'들이 내가 그랬던 것처럼 선생님 글로 많이 위로받기를 바란다. _김나영(방송인)

무얼 하며 이 좋은 세월을 보냈나? 양희은의 질문에 대신 답을 하자면 한결같이 정성스런 세월이라 하겠다. 이젠 그 시간 속에 맑은 국화 향기와 느티나무 넉넉한 위로가 들어 있다. 저 하늘의 구름 따라 양희은의 목소리와 노래가 들리길. 오래오래. _이유명호(한의사)

사는 것은 쉽지 않아, 알 수 없습니다. 앞에 눈이 얼마나 쌓였나, 진웅덩이가 얼마나 깊은가. 그런 때 앞서간 큰언니 발자국이 보인다면 허방다리 짚지 않을 수 있겠지요? 우리, 양희은 큰언니 발자국 따라가 보아요. 그러면 안심!

_박금선(라디오 '여성시대' 작가)

우리 집 식구는 네 식구.

친정 엄마 92세, 남편 73세, 미미(푸들) 만 14세, 나 70세.

제일 어린 나는 무수리다.

노견 미미는 사람으로 치면 팔구십 웃도는 나이라서 미미 약 수발, 엄마 수발, 장 봐서 반찬 만들고 남편 도시락 챙기기가 나의 일이다. 이제는 누가 나를 좀 챙겨주면 좋겠지만 그럴 팔자가 아닌가 보다.

글이 한자리에 모아지니 오랜 기억도 살아나 덕분에 잔잔한 추억놀이를 했다. 22년 동안 〈월간 여성시대〉에 실린 글이 큰 밑천이 되었다.

51년 차 가수라지만 근 1년 넘게 공연을 못 하다 보니 언제 노래했던가 싶게 까마득히 멀기만 하다. 다시 노래할 수 있을까? 사람들 앞에 서서 노래 마무리나 할 수 있으려나?

노래 못 하는 동안 어쩌면 마음속에서는 진짜 노래를 많이 불렀는지도 모른다. 관객 없이 서너 번의 공연을 하면서 내게 향하는 눈빛들이 얼마나 많은 힘을 보태주었는지 깊이 느꼈다. 공연에 오시는 분들은 그 가수라는 깃발 아래 호감과 응원, 격려를 이미 장착하고 오시는지라 객석의 기운으로 공연을 끌어나간다.

가득 차 있던 객석이 너무 그립다.

그래서 부끄럽지만 노래 대신 책으로 안부를 전한다.

2021년 4월
양희은

양희은 고운노래 모음

아침이슬

1

무얼 하며
이 좋은 날들을
보냈나

흔들리는 나이는 지났는데

나이 드는 것의 가장 큰 매력은 웬만한 일에도 흔들리지 않는다는 것이다. 어린 날에는 조그만 일에도 심장이 철렁 내려앉았다. 어떻게 살아야 옳은지, 잘 사는 건 무엇인지 도무지 모르겠기에 모든 순간마다 흔들렸다. 내 삶을 지켜보며 그때그때 점수를 매겨주는 선생님이 한 분 계셨으면 싶었다. "잘했네" "이건 틀렸다" 하며 동그라미나 별표를 그려주는 분이 있다면 나날이 얼마나 쉬워졌을까?

그런데 누가 그렇게 해주던가. 사회생활은 이렇게 하는 거라며 가르쳐주는 사람이 아무도 없었다. 내 경우 조직에 속하지 않은 직업이라 더더욱 그랬다. 교복을 벗고 사회인으로 첫발을 내딛으니 세상은 영 딴판이었다. 어떻게든 돈을 벌어야 한다는 비장한 마음으로 무대에 서기 시작했으나 공연장의 지배인이나 웨이터 아저씨를 어떻게 대해야 하는지 알 수 없었다. 그래서 늘 굳은 표정이었다.

무대에 서 있는 나를 향해 누군가가 욕을 하거나 위협을 해도 보호해줄 사람이 아무도 없다는 사실이 너무나 무서웠다. 잔뜩 긴장하여 방어기제로 똘똘 뭉쳐 있는 나를 보고 누군가는 잘난 척한다며 비아냥거리기도 했다. 늘 긴장된 상태인 데다 희망도 보이지 않았던 나의 20대.

서른이 되고 싶었다. 서른이면 두 발을 땅에 딱 딛고 버틸 수 있을 것 같았다. 그런데 막상 서른이 되어도 달라진 건 없었다. 흔들림은 여전했다. 하지만 10대나 20대와는 다르게, 나에 대해 조금은 알 것 같은 기분? 세월만큼 버티고 선 느낌이랄까?

사십 대가 되니 두렵고 떨리게 했던 것들에 대한 겁이 조금 없어졌다. 더 이상 누가 나를 욕하거나 위협할 때 파르르 떠는 새가슴이 아니었다. "왜, 뭐!" 하며 두 눈을 똑바로 뜨고 할 말은 할 수 있게 되었다. '아무 말 안 하고 있으면 더 밟아대는구나. 한 번이라도 큰소리쳐야 건드리지 않는구나.' 혹독한 지난 시간 덕택에 깨달을 수 있었던 것이다.

오십 대가 되니 나와 다른 시선이나 기준에 대해서도

무얼 하며
이 좋은 날들을 보냈나.

'그래, 그럴 수 있어' '그러라 그래' 하고 넘길 수 있는 여유
가 생겼다. 내 마음에 들지 않는다고 '옳다'거나 '틀리다'고
말할 수 없다는 걸 알았다. 누가 별난 짓을 해도 그럴 수 있
겠다고 생각했다. 같은 노래에도 관객의 평이 모두 다르듯
정답이랄 게 없었다. 그러니 남 신경 쓰지 않고 내 마음이
흘러가는 대로 살기로 했다.

　육십 세를 넘기니 흔들릴 일이 드물어졌다. 그토록 원
했던 안정감인데, 이런 감정이 좋으면서도 한편 답답한 것
이 사실이다. 설렘과 울렁거림이 없이 침잠되는 느낌이 들
어서다. 몸이 움직이는 속도가 마음의 속도를 따라주지 못
하니, 예전 같으면 후다닥 해치울 일들이 한 뜸씩 느려졌다.

　어느덧 칠십. "나이 먹는 게 좋다. 너희도 나이 들어 봐
봐. 젊음과 안 바꾼다" 했었는데 무심코 젊은 날의 내 사진
을 하염없이 보고 있다. 대체 무얼 하며 이 좋은 날들을 보
냈나? 많은 나날이 손가락 사이 모래알처럼 덧없이 빠져나
갔구나!

찬란한 봄꽃 그늘에 주눅이 든다

산수유, 매화, 개나리, 벚꽃, 진달래, 철쭉, 목련, 조팝나무…… 내가 출퇴근길에 동네 한 바퀴를 돌면서 꼭 보게 되는 꽃들이다. 그러나 강아지들과 산책하며 똥을 치우다 보면 눈높이가 땅에 닿게끔 낮아지는데, 그 순간 내 눈에 들어오는 작은 꽃은 민들레와 제비꽃이다. 금년엔 이놈들이 제법 무리 지어 많이 피었다. 꽃들을 보고 있노라면 마음속 여러 잡다한 생각들은 날아가고 마냥 바라보게 된다. 무릎을 꿇거나, 마음 자세가 아주 낮아져야만 눈에 들어오는 꽃들이다.

동네 담장이 나지막하고 대부분 안뜰이 다 보이는 철책들이라 뜰 안을 들여다보면 주인이 어떤 사람인지 알 것도 같다.

　제일 좋아 뵈는 집은 우리 꽃들로 가꾼 집인데, 이름은 잘 모르지만 꾸준히 번갈아 피고 진다. 눈이 즐겁다.

　게다가 우리 강아지 두 마리는 꽃마다 킁킁대며 꽃향기를 맡는 건지, 다른 개의 영역표시를 알아내는 건지, 얼핏 보면 마치 꽃에 코를 묻고 향기를 탐하는 듯하다. 민들레랑 제비꽃이 무리 지어 핀 곳은 바로 작년에 병든 가로수 한 그루를 파낸 곳이다.

　그리고 그 앞집이 작가 황석영 씨 댁이다. 산책하며 지나가면 가끔 2층 창문을 열고 안부를 물으신다. 나는 그분을 1970년대 초에 처음 뵈었고 이렇게 오가며 가끔 만나곤 했다. 젊음에서 나이듦까지, 서로가 서로에게 쭉 기록되어 있는 셈이다.

　요즘 찬란한 봄꽃 그늘에 주눅이 든다. 나무 잔가지에 연둣빛 물이 들고, 여리디여린 잎들이 살겠다고 초록을 향해 아우성쳐대는 듯 생명의 가장 찬란한 정점을 목표로 하루하루가 다르다.

　한데 나는 예전 같지 않게 아둔하고 느릿느릿하게, 찬란한 정점과는 다른 어떤 지점을 향하고 있다. 마치 가을 단풍이 든 것 같다.

그래서 이 시기의 정점은 내 몸이 허락하는 한계를 찍는 것. '이것 이상은 무리겠다, 더 넘어가면 체력이 고갈되고 아플지도 몰라' 한계를 인정하며 내려올 일만 남았다.

봄꽃을 닮은 젊은이들은 자기가 젊고 예쁘다는 사실을 알고 있을까? 아마 모를 것이다. 나도 젊은 날에는 몰랐다. 그걸 안다면 젊음이 아니지. 자신이 예쁘고 빛났었다는 것을 알 때쯤 이미 젊음은 떠나고 곁에 없다.

쓸쓸한 내 마음을 위무해준 건 지난 주말, 서산의 버들 유씨 종택을 찾아갔을 때였다. 어디선가 은은한 향이 바람결에 묻어왔다. 향을 따라 뒤꼍에 갔더니 엄청난 나팔수선의 바다가 펼쳐져 있었다.

잔잔하고 은은한 수선화 향기를 맡으며 여고시절을 추억했다. 좋아했던 선생님께 나팔수선을 드리려고 광화문 일대의 꽃집마다 찾아 헤맸던 기억이 새삼스러웠다. 1960년대 말엔 프리지아나 나팔수선 구하기가 하늘의 별 따기처럼 귀한 일이었다.

저녁 무렵 귀갓길에 '정발산 공기도 좋지' 하며 차창을 연 순간 벚꽃 향기가 바람에 실려 훅 하고 들어왔다. 그날 하루 동안만 해도 낮에는 수선화, 저녁엔 벚꽃 향기 덕분에 사치 중 최고의 사치를 누렸다. 덕분에 주변의 몇몇 아픈 이들 걱정으로 무거웠던 마음이 조금은 가벼워졌다. 향기가 위로가 된다는 걸 처음으로 알게 되었다.

봄꽃을 닮은 젊은이들은 자기가 젊고 예쁘다는 사실을 알고 있을까? 아마 모를 것이다. 나도 젊은 날에는 몰랐다. 그걸 안다면 젊음이 아니지. 자신이 예쁘고 빛났었다는 것을 알 때쯤 이미 젊음은 떠나고 곁에 없다.

공감 또 공감하는 이야기

지난 한 주 동안 또래들의 모임에 세 번이나 갔다. 예순에 겨우 턱을 걸친 이들부터 칠십을 넘긴 인생의 선배들도 계셨다. 함께 나눈 이야기는 대체로 서너 가지 주제로 나뉜다.

첫 번째 대화, 어르신들의 치매와 요양원에 모시기까지의 힘겨움.

일주일에 서너 번씩 본가에 가서 허리 무릎 다 시원찮은 중늙은이 아들이 구순 넘으신 아버님 목욕시키고, 어머님 모시고 장도 보고, 이런저런 뒷수발 드는 얘기를 한다. 요양원 답사를 했는데 하루 세 끼 식사도 우리 집 식단보다 좋고, 활동 프로그램도 많아서 잠시도 TV 앞에서 멍하게 앉아 있거나 울적하지 않도록 하루 일정이 잘 짜여 있단다.

형제 중 돈 많은 누군가가 "무슨 6인실, 4인실이냐. 당연히 1인실로 모셔야지. 정 어려우면 2인실이라도 어떠니?" 하고 말하자 또 다른 형제가 얼른 대답한다. "안 돼. 사람들이 그러는데, 2인실을 쓰면 두 사람이 그렇게 자주 싸우더래." 이 이야기를 하며 함께 모인 모든 이들이 웃었다. 차라리 4인실이나 6인실이 서로 살피고 챙겨주는 분위기라서 더 좋다는 이야기도 있었다.

두 번째 대화, 자식들에 관한 이야기.

어떤 어머니의 이야기를 들었다. 마흔이 다 될 때까지 함께 살던 아들을 장가보내고 나니 허전함이 너무나 커서 매일같이 눈물 바람이라는 것이었다. 아들이 출장 잘 다녀왔다며 전화를 걸어왔길래 그 어머니는 반가이 물었다.

"그래, 지금 어디냐?"

"예, 집 앞이에요."

어머니는 전화를 끊자마자 아들이 금방 집에 도착할 줄 알고 미리 대문을 열고 기다렸다. 그러고는 잠시 후 깨달았다. "아참, 얘가 장가갔지. 아하, 이 집 앞이 아니라 자기 집 앞이라는 소리였구나" 하고는 부부가 서로 씁쓸하니 웃었단다.

세 번째 대화, 각자의 질병 자랑과 힘든 이야기.

여러 사람들이 자신의 아픈 무릎과 그 치료법에 대해 한마디씩 떠들었다. 나도 내게 있던 일화를 얘기했다. 십수 년 전 CF 촬영팀이 우리 집에 다녀간 적이 있었다. 그들은 우리 집 지하연습실에 딸린 작은 부엌에서 촬영을 했으면 좋겠다고 했는데 나는 이 제의를 단칼에 거절했다.

"하루 종일 작업화 신고 일하는 남자들이 들어와서 마룻바닥에 땀과 발 냄새를 함께 찍고 다니게 되잖아. 그러면 며칠간 꼬랑내가 가시질 않아. 청소를 해도 해도 힘들어서……" 어쩌고 하자 선배들이 "아휴~ 그럼, 못 해 못 해. 무릎이 이젠 힘들어" 하며 다들 내 편을 들어주었다.

나이 들어가면서 힘들어지는 일이 늘어만 가는데, 비슷한 또래들과 오랜만에 이야기하니 공감이 생겨 즐거웠다. 예전 같으면 30분 내에 뚝딱 해치울 일인데도 빨리 못 한다는 데 공감했다. 각자 본인 속도에 맞춰서 임해야 한다. 서두르면 탈이 나고, 마음 급해도 몸이 못 따라가니 시간이 두세 배 정도는 더 걸리더라는 얘기다. 돈에 대한 생각도 비슷했다. 넉넉하든지 부족하든지, 죽을 때 갖고 갈 수 없다는 사실은 분명하지 않던가.

일본에서 60대 남자들에게 부엌일의 기초부터 가르치는 강의가 생기자 엄청난 수의 남자들이 몰려들었다고 한다.

밥물 잡는 것부터 살림의 기초를 배우기 위해 신청자들이 예상 외로 붐볐단다. 기러기 아빠인 한 지인은 이 소식을 듣자, 그날 배운 요리를 먹고 그 음식을 또 싸들고 오면 두 끼가 해결될 거라며, 이런 강의가 한국에도 있으면 꼭 알려 달라고 부탁까지 한다.

지인은 기러기아빠가 되고 음식 만드는 일의 중요함을 처음 통감했단다. 먹는 게 시원찮으니 감기도 자주 걸린다고 한다. 이렇게 다들 나이가 들어가는구나!

어쩐지 머리 밑이 무척 가렵더니 그새 흰머리가 늘었다.

오래 묵은 사이

언젠가 라디오에서 나보다 12년이나 위인 선배 여의사의 사연을 소개한 적이 있다. 그 선배의 '황혼 재혼' 사연이 드디어 결판났다. 동기 동창인 은퇴한 의사의 청혼을 거절했다고 한다. 이유는 무엇보다도 내가 좋아야 하는데 통 마음이 가질 않는다는 것이다. 게다가 주변에 친한 친구도 하나 없는 데다가, 이렇든 저렇든 본인부터 그 상대방이 싫은 걸 어쩌느냐는 말이다.

맞는 이야기다. 조건이 멋지고 애오라지 40여 년 세월 동안 나를 짝사랑했다손 쳐도 그건 그쪽의 얘기일 뿐 중요한 건 내 느낌이다.

그 남자가 싫은 이유 중에 '친구가 하나도 없다'는 지적을 들으면서 나의 경우를 생각해보았다. 모든 이야기를 터놓을 수 있는 친구가 나에겐 있는지…… 물에 빠져 목까지 물이 차올라 깔딱 하고 죽게 되었을 때 내게 손 내밀어줄 사람이 있을까?

이럴 때 생각나는 두 사람이 있다. 나는 이 두 사람을 자주 만나지는 않는다. 싫증을 잘 내는 편이라 귀한 사람일수록 두고두고 아끼며 본다고 할까. 평생에 걸쳐 내가 얻은 이 두 사람, 내 청춘의 역사를 아는 친구들이다. 내가 흔들릴 때마다 손가락질하거나, 옳다 그르다 판단하지 않고 조용히 지켜 보아준 오래 묵은 사이이다.

한 친구는 열여덟 살에 만난 세 살 위의 친구고, 다른 한 명은 이십대 초반에 만난 한 살 어린 친구다. 우리 셋의 공통점은 아이가 없다는 점이다. 우리 모두 누군가의 엄마가 되지 못하리란 걸 꿈에도 생각 못했는데, 세월이 흐르고 보니 이리되었다. 흔히들 말하길, 제 꿈을 접고 참고 희생하면서 아이를 낳고 길러봐야 어른이 된다는데…… 우리는 성큼 어른이 되지 못한 채 비교적 자기 안의 목소리를 많이 내놓고 살아간다는 공통점을 갖고 있다.

스무 살 언저리의 나는 오지랖 넓고 둘째가라면 서러운 마당발이었다. 그러나 나이 서른에 암 수술을 한 후 주변

사람을 정리하겠다는 단호한 결심을 했다. 기운을 전혀 낼 수 없어 갓난아이처럼 온종일 누워 잠만 잤던 시기다. 하루 두서너 발짝씩만 겨우 떼어놓는 나를 대견하게 여길 때가 있었다. 문병 오는 사람들을 보고 있자니 말갛게 그 마음이 들여다보이는 것 같았다.

어떤 사람은 자기가 내 입장이 아닌 게 다행스러워 안심하듯 날 위로했다. 나를 보며 눈물까지 흘렸지만 그 마음이 훤히 들여다보였다. 어떤 사람은 나의 석 달 시한부 소식에 자기 건강 챙기러 서둘러 산부인과에 예약하고 암 검사를 받기도 했다.

문병을 마치고 돌아가는 사람들의 뒷모습을 보며 알았다. 여러 사람 다 쓸데없다는 것을. 결국 한두 사람이면 족한데, 허전하다고 줄줄이 얽힌 실타래처럼 많은 사람들을 가까이 할 필요는 없었다.

사람은 세월이다. 친구 역시 함께 보낸 시간과 소통의 깊이로 헤아려야 한다. 오랫동안 알고 지냈지만 바다 위 반짝이는 윤슬같이 가벼운 대화로 깔깔거릴 수 있는 친구가 있고, 알고 지낸 시간은 짧아도 마음속 깊은 얘기를 거리낌 없이 나눌 수 있는 친구도 있다. 모두 나를 양희은답게 만들어주는 소중한 사람들. 더 챙기고 아껴주며 살 작정이다.

물에 빠져 목까지 물이 차올라 깔딱 하고 죽게 되었을 때
내게 손 내밀어줄 사람이 있을까?

이럴 때 생각나는 두 사람이 있다. 내가 흔들릴 때마다 손
가락질하거나, 옳다 그르다 판단하지 않고 조용히 지켜 보
아준 오래 묵은 사이이다.

동갑내기들의 노년 준비

미국에서 살던 친구가 어느 날 한국에 왔다며 전화를 걸어왔다. 방사선과 의사인 친구는 대학을 수석 졸업한 후, 차석으로 졸업한 남자친구와 결혼해 젊은 날부터 미국에서 자리를 잡았다.

친구와는 중학교 1학년 때부터 친하게 지냈는데 재수시절 날 붙잡고 밤을 새워 공부하도록 도와주었다. 그리고 지금은 없어졌지만 당시에 국내 최고급 맞춤 와이셔츠집이었던 명동의 '프린스'에서 와이셔츠를 두 벌이나 맞추어 내게 사주었다. 자신이 아르바이트를 해서 받은 첫 월급으로 사준 것이다. 청바지 하나에 와이셔츠 두 벌을 번갈아 입으며 무대에 섰으니, 첫 무대의상도 그 친구가 마련해준 셈이다.

부지런하고 매사에 긍정적인 친구였지만, 6년 전쯤엔
가 나를 만나러 뮤지컬 연습실로 찾아왔던 그날의 모습은
많이 피곤해 보였다. 그러다 3년 전 다시 만났을 땐 그전과
달리 활기차 보였다. 퇴직하고 잠시 서울에 머무는 중이었
는데, 우리나라 땅을 좌우로 누비며 맛난 것 먹고, 많이 걸
어 다녔다고 했다. 이태원에 자리한 숙소도 마음에 들고 주
인장과도 친해져서 더없이 편하다고, 무엇보다 서울은 지
하철로 못 다니는 곳이 없다며 감탄하는 등 폭풍 수다를 쏟
아놓았다.

친구는 통화 중에 은퇴 이유를 말해주었다. '몸이 영 말
을 듣지 않아서'란다. 아프고 쑤시고 뻗치고, 주 2회 척추
트랙션을 하지 않으면 일과에 지장이 있을 정도로 척추 측
만에 허리 통증까지 달고 살아야 했단다. 그 와중에 가깝게
지내던 지인이 세상을 떠났다. 알뜰한 살림꾼에 아이들도
잘 키워 짝지어 보내고 더 바랄 게 없는 행복한 사람이었는
데 갑자기 백혈병을 앓게 되더니 금세 세상을 뜨더란다.

게다가 그즈음 친정엄마까지 떠나시자 친구는, 이렇게
사는 건 아닌 것 같다고 생각하게 되었단다. 가고 싶은 곳마
다 원 없이 놀러 다니고, 보고 싶은 것은 최대한 보고 살아
가기로 마음을 먹은 것이다. 남편에게도 당당히 말했단다.

"내가 의사 노릇을 더 하면 노후에 조금 더 보탬이 될 정도인데, 그러다 몸이 망가져 버리면 어떡하겠어? 어떻게 사는 게 더 좋은 것 같아?"

은퇴하고 서울에 와서 이곳저곳 무조건 걷다 보니 아픈 게 차츰 낫더란다. 동네 YMCA며 요가 교실도 가고, 수없이 걷고, 또 집에서 깨끗한 집밥을 해먹으며 일주일에 한 끼 정도만 외식을 하니 건강도 좋아지더라는 것이다.

돌아가신 어머니의 3주기에 맞춰 조금 미리 귀국해 이모와 지리산과 목포 등을 다녀왔단다. 노년의 어머니를 위해 마련해두었던 아파트가 아직 대전에 있어서 친구는 한국에 오면 그곳에서 머물렀다. 느긋하게 도서관도 가고 장 보러 다니면서 '우리 엄마가 하루를 이렇게 보내셨겠구나' 하며 즐기고 있단다.

하루를 운동으로 채우며 건강해져서 노년에 자식들에게든 누구에게든 민폐가 되지 않으려 한다고 강조하며 긴 수다를 마쳤다. 친구는 나더러 "넌 대체 언제 일을 그만둘 거니?"라는 말도 빼놓지 않았다.

이번엔 간호사 출신인 독일에 사는 친구 얘기다. 나이 들수록 우리나라에서 살고 싶다고 노래를 부르다가, 3년 전 양평에 남 눈치 안 보고 묵을 곳을 장만했다. 중고차를 구입해 수리해 가면서 여기저기를 누비면서 지냈다.

친구가 살던 독일의 집은 살림 규모가 크고 남편의 취미도 골동품 수집이라 세간살이가 보통 집의 몇십 배는 되었다. 게다가 도심에서 자전거로 15분 거리의 고옥을 사서 몇 년 동안에 걸쳐 그 옛집을 복원했다는 것이다. 그 뜰에다 각종 먹을 채소들을 경작하고 살았는데, 이번에 한국에 온 후 자신이 징그럽게 많이 소유하고 살았던 것을 톡톡히 반성했노라 말했다.

독일 집을 정리하면서 생긴 여러 물건들을 벼룩시장에 가져다가 한 개에 1유로씩 받고 팔았단다. 하루에 400유로나 벌었다는 것이다. 어릴 적 못살았던 게 한이 되어서 그 많은 물건을 쟁여두고 살았는지 아이들 앞에서 창피했노라 말했다. 여행 가방 하나만 채워 와도 이렇게 충분히 사는데, 여기서 무엇이 더 필요한가 싶었단다.

하지만 친구는 다시 독일로 돌아가기로 했다. 한국에 돌아왔지만 막상 일자리도 없고, 카페나 음식점 등을 운영해볼까 시도하다가도 물가가 비싸서 다시 독일로 돌아가기로 결정한 것이다.

그 친구네의 친정은 딸만 넷이다. 내 친구가 큰딸이고, 뒤셀도르프에 둘째, 셋째, 넷째가 함께 산다. 강변에 자리

한 예쁜 집은 잔디밭이 널찍해 김장독을 묻어놓고 늘어지
게 김치도 담근다. 하지만 모여 살던 동생들도 나이가 들어
정원 가꾸기도 힘이 들고, 애들은 커서 진작 다 떠났고, 집
도 팔려서 이제는 각자 작은 집을 사서 흩어졌단다. 그 집
딸 넷은 솜씨가 좋아 각자 공평하게 출자해서 축구선수 차
두리가 뛰던 레버쿠젠에서 한식당을 운영하기도 했다.

한국에서 누리던 모든 걸 다 털어버리겠다며 물건들을
나누던 친구는 내게 양념을 주었다. 나도 짐을 줄이고 버리
기로 결심한 후라 잠시 고민이 되었다. 지금까지는 잘 유지
되고 있었는데…… 하긴, 음식은 먹어서 없앨 수 있으므로
받아도 좋겠다 싶었다.

묘한 일이다. 52년생 동갑내기들이 각자 노년을 준비하
는 이야기들을 들으니 은근히 걱정이 몰려온다.

'나만 여전히 일을 붙잡고 있는 건가?'

나도 일을 그만두고 노년에 대해 생각만 하지 말고 확
실한 결단을 내려야 하지 않을까?

전유성 선배에게 내가 언제까지 라디오 일을 할지가 고
민이라고 했더니 대번에 이렇게 말한다.

"뭘 몇 살까지 하겠다는 계획을 해? 그냥 해! 단 하나,
나이 든 사람이 방송하면 말투가 꼭 한문 선생님 같아지는

데, 자꾸 사람을 가르치려고 들면 그땐 그만둬. 아직 그런 투는 안 붙었어. 그럼 계속하는 거지."

나는 또 질문했다. 방송을 그만두고 노년의 긴 세월 동안 무얼 해야 하느냐는 질문에 전유성 선배는 대뜸 그냥 살란다.

"여행 다녀. 신이 인간을 하찮게 비웃는 빌미가 바로 사람의 계획이라잖아. 계획 세우지 말고 그냥 살아."

선배 덕분에 마음이 한결 가벼워졌다. 나보다 몇 걸음 앞서가는 선배가 계시다는 게 참으로 고맙다.

그깟 스케줄이 뭐라고

11월은 10월과 12월 사이에 끼어서 슬쩍 지나는 듯하다. 가을과 초겨울 사이에서 별 흔적 없이 그렇게 지나간다. 느닷없이 느껴지는 냉기에 몸과 마음도 움츠러든다.

홍옥이 먹고 싶어 먼 데까지 장 보러 가서 스무 알이나 샀다. 내 친구는 가을이 오면 늘 감을 한 보따리 가지째 꺾어놓고, 큰 광주리에 담아 오며가며 먹는단다. 감뿐만 아니라 홍옥도 그렇게 먹어야 속이 시원하단다. 홍옥 몇 알을 꼭 우적우적 껍질째 씹어 먹어야만 가을을 보낼 수 있단다.

홍옥을 열 알씩 두 보따리로 나누어 담고 나서 그 친구에게 전화했다.

"네게 건네주고 싶은데…… 시내 어디로 좀 나올 수 없겠니?"

서울의 동쪽 끝에 사는 친구 집까지 가기엔 시간이 좀 모자랐다. 그랬더니 친구는 단호하게 싫단다.

"그럼 내가 갖다 주리?"

그것도 싫단다.

"애, 넌 바쁘다면서 사람 혼 다 빼놓고 그냥 갈 거 아냐? 그러려면 오지도 마라."

친구는 시간을 같이 나누기에 항상 빠듯하고 쫓기는 만남이 이제는 싫단다.

"그럼, 내가 홍옥 스무 알 다 먹는다" 했더니 "그래라. 너혼자 다 먹어" 한다.

마음은 친구네 집까지 갔지만, 아닌 게 아니라 친구의지적은 정확했다. 나를 손금 보듯 들여다보고 있군. 네가맞다. 휙 왔다 휙 가버리는 만남, 나도 싫다. 오랜만에 만나서 말 보따리도 느긋하게 풀어놓고 낄낄대다가 서로 흥,치, 피, 잘났다 잘났어, 하거나 서로 고개라도 끄덕거려야지. 그깟 일이 뭐가 대단하다고, 잘나빠진 스케줄 따위가친구 사이에 무슨 상관이람!

집에 돌아와 봉지를 열어놓으니 부엌 가득 홍옥 냄새가확 퍼진다.

빈둥거림의 미학

"요즘 나는 빈둥거리면서 지낸다."

이렇게 말하면 친구들은 한결같이 대답한다.

"이게 빈둥거리는 거야? 넌 이미 두세 사람 몫을 하고 있잖아."

나는 시간을 칼처럼 지켜야 하는 일을 하고 있다. 그러다 보니 사적인 만남은 공적인 일에 밀려 자투리 시간으로 밀려날 때가 많다. 불쑥 누군가가 생각났을 때 곧바로 만나면 좋으련만 그게 잘 안 된다. 그래서 아침결에 문득 생각난 친구에게 얼굴이나 보자고 전화하면 "아니, 바쁜 사람이 웬일이야?" 하며 의아해하기 일쑤다.

시간에 쫓겨 늘 종종걸음을 치던 날들을 돌아보니 얼마

나 이리 뛰고 저리 뛰었는지 훤히 보인다. 일하며 앞만 보고 달렸다. 일상의 리듬이 느긋한 사람을 보면 약간 짜증을 내며 '왜 저리도 늘어져 사는 거야! 팔자도 좋다' 뭐 이런 속엣말을 했었다.

요즘 작정하고 빈둥거린다지만 나의 리듬도 한 뜸 처져서 도무지 후다닥 뭔가를 해치울 수 없게 됐다. 매사에 한 번 더 확인하고 돌아보고, 입으로 몇 번씩 되뇌어야 한다. 엘리베이터 문이 닫힐 즈음 누군가가 "같이 가요!" 외치는 소리를 듣고 문을 열어준다는 게 그만 닫는 단추를 꾹 누르는 나. 잘 챙긴다 하면서도 늘 한두 가지 중요한 것은 빠뜨리는 나.

불과 재작년까지만 해도 동시에 여러 일을 해냈다. 돈 찾고, 세금 내고, 시장 갔다가, 반찬 서너 가지 후딱 만들고, 운동하고, 샤워한 후 미용실에서 머리하고, 일하러 가는 길에 빵도 사고, 전화할 사람에게 전화하고…… 꼼꼼히 메모까지 하며 거침없이 해치우던 일들이었는데 요즘은 자꾸 엉킨다.

한 번에 한 가지만 하지, 왜 여러 가지를 다 해내려고 애쓸까? 스텝이 엉키면 투 스텝으로 엉킨 발을 풀고 가면 되는데 그동안은 쫓기듯 뛰어다녔다. 멀리서 남의 일 보듯 내가 사는 모습을 보면 무슨 코미디나 풍자극 같을 거다. 엄마도 재작년에 비해 몸의 속도가 팍 떨어지셨다. 걷기, 말하기, 사물에 대한 인지도에서 조금씩 늦는다. 이제 한 번씩 꺾이는 나이가 된 듯싶다.

사람의 한평생(개인별로 얼굴이 다르듯 기복이 다르겠지만)을 봉우리와 계곡처럼 그래프로 그린다면 아마 나도 여러 차례 꺾여 있을 것이다. 그런 굴절을 겪으면서 나무의 나이테처럼 우리 마음속에도 테두리가 생겨나지 않을까.

느리게 살기를 시도하지 않아도 저절로 느려졌다. 빠른 리듬을 몸과 마음이 따라잡을 수가 없다. 빈둥거리듯 지내면 바쁠 때와는 다른 그림들이 보인다. 다시는 쫓기듯 바쁘게 살고 싶지 않다. 그런데 이걸 알게 될 때면, 이미 바쁠 일이 없게 된다는 사실에 허허로운 웃음을 짓게 된다.

세상일에 요령이나 지혜가 쌓이고, 하는 일이 무언지를 '쬐끔' 알 만한 때, 이미 일은 나를 떠난다. 내가 밀려난다. 그게 요즘 순리다.

노래가 무언지 '쬐끔' 알 만한데 더 이상 노래할 기회가 많지 않다. 그러니 할 만할 때 제대로 하려면 건강해야겠지. 즐겁게 내가 좋아하는 일을 하며 건강하게 나이 들어가기, 이것이 꿈이다.

그리고 무슨 일이든 올인 해야 한다는 점도 잊지 않아야겠다. 집중해서 전력투구하기! 이것 역시 건강해야 가능하구나. 모든 것의 결론은 결국 건강이겠다.

쉰여덟 나의 기도는

내 나이 서른일 때 우리 엄마의 기도는 "이 아이만 살려주시면 내 눈을 가져가셔도 좋겠습니다"였단다. 내가 석 달 남은 시한부 인생일지도 모른다는 병원 측의 말을 듣고 밤새 올린 엄마의 기도다.

사람마다 인생의 즐거움을 누리는 게 다르지만 엄마는 유독 눈이 탐하는 바가 많은 사람이다. 책 읽기, 남의 작품 살피기, 그림 그리기, 수놓기 등 손으로 만든 모든 것에 감탄하고 그것에 대해 얘기하고, 빠져들고, 꿈을 꾸는 사람이다. 엄마의 기도 내용을 듣고 한마디 던졌다.

"엄마, 하나님하고 협상하는 거야? 두꺼비 집짓기야? 헌 집 줄게 새집 달라고? 기도하는 방법이 틀렸어. 엄마의 눈

44

이 하나님한테 무슨 소용일까? 엄마한테나 중요한 거지!"

왜 마음과 달리 틱틱거리며 청개구리처럼 못되게 말하는 걸까. 길어야 석 달이라는 청천벽력 같은 선고를 듣고, 엄마의 가슴은 빠개질 정도로 아팠을 것이다. 그러면서 당신에게 가장 소중한 눈을 잃더라도 큰딸이 살아나기를 바랐을 것이다.

내 나이 쉰여덟에 나의 기도는 하나였다.

"엄마가 제발 아프지 말고 평안하게 앞으로 10년만 더 사셨으면."

12월 하순께 떠밀리듯 휴가를 다녀오니 엄마의 기침이 영 심상찮아 보였다. 동네병원에서 "이번 감기가 오래가요" 해도 간단해 보이질 않았다. 평소 딸 셋 다 합쳐도 못 당할 기운이신데 이번엔 아무래도 사달이 나긴 난 모양이었다. 여러 가지 최첨단 검사를 한 후, 병원 측에선 다시 몇 가지 정밀검사를 권했다. 날이 추워 미루면서도 한 가지는 했고, 조직배양 결과를 기다리고 있다. 두어 달 집에만 계시더니 몸이 휘지는지 한 번 검사하고 나면 기가 빠져 며칠을 헤매신다.

엄마가 편찮으시면서 비로소 주변에 엄마 없는 이들의 허전함과 서러움을 심각하게 생각할 수 있었다. 어느 날 후

배가 우리 집에 놀러와서 내가 "엄마, 엄마" 부르는 소리를
듣더니, 엄마 없는 자기로서는 '엄마' 소리가 서글프다고
했다. 그 말을 머리로만 들었지 가슴으로 듣지는 않았다.
후배의 서러움에 공감하지 못했다. 그런데 이제는 그 심정
을 알 것도 같다.

남의 집 엄마를 부러워했던 청소년기가 있었다. 다른
집 엄마처럼 엄마도 집에서 학교 다녀오는 우리를 맞아주
시면 얼마나 좋을까? 일하는 엄마였기에 저녁은 늘 허전하
게 애들끼리만 먹었다. 엄마까지 네 식구가 밥상머리에 앉
기는 힘들었다.

집에 계시는 남의 집 엄마들이 부럽기만 하다가 머리가
크고 나서야 엄마는 비교 대상이 아님을 깨달았다. 그대로
받아들이고, 감사드려야 한다는 걸 알았다. 아버지 없는 세
상에서 엄마마저 없었다면 우리 세 자매가 어떻게 살아낼
수 있었을까.

엄마가 떠나시면 어쩌나 마음 졸이다가, 옆에 계셔서
안심하는, 그러면서도 마음과 달리 틱틱 쏘아대는 나는 영
락없는 당신의 큰딸이다.

외로움이 치매를 불렀을까

울 엄마가 치매 초기란다. 의사는 보호자에게 운동과 대화를 하루 두 시간 이상씩 하도록 하고, 칭찬도 많이 해드리란다. 앞으로 고집도 많이 부리실 거고, 화도 엄청 내실 테고, 본인이 실수하고도 하지 않았다고 우기고, 가끔은 거짓말도 할 거란다. 그러니 맞받아 싸우지 말고, 그저 병적 반응이려니 하고 받아들이란다.

엄마가 단 음식을 자꾸 찾아 드셔서 다른 곳에 숨겨두었는데 기어코 또 찾아 드시고는 절대 먹지 않았다고 우기면서 도리어 화를 냈다.

"엄마가 왜 화를 내? 몸에 해로운 거 하지 말라는 얘기잖아!"

나는 참지 못하고 벌컥 화를 냈다. 우리 엄마가 치매 환자라는 현실을 잠시 이해하지 못하고 무조건 대들었다. 평소에 잘 해드렸다가, 순간 가슴에 비수를 꽂는 사람이 바로 나다. 아마도 엄마가 떠나시면 후회되는 일이 너무나 많을 것 같다.

녹내장이 심한 엄마는 잘 안 보이는 눈으로 쉬지 않고 바느질을 하신다. 바느질 땀이 곱질 않은데도 멈추질 않는다. 구부정한 자세로 침대 한가운데에 앉아 두 다리를 뻗고 몇 시간이고 바느질하면 허리랑 목이랑 얼마나 아플 것인가. 그럼 자식들이 번갈아가면서 왜 그렇게 하느냐고 소리를 지르기 마련이고, 그때마다 엄마는 그런다.

"애, 그럼 내가 하루 종일 멍하니 있어야 되겠니?"

옆에서 자분자분 얘기 걸어주고 말대꾸해주는 말동무가 있는 게 나이 들면 제일 중요하고 소통 가능한 사람이 한 사람만 있어도 산단다. 그런데 엄마는 자식들이 허구한 날 바쁘고 저녁에야 들어오니 종일 무엇을 하고 계셨을까. 하루하루가 적막했겠다.

엄마의 치매가 시작된 것은 무릎이 아프면서부터다. 포크아트를 위한 아크릴 물감이나 퀼트를 위한 조각천을 구하려고 남대문, 동대문 시장을 자주 다녔던 엄마는 무릎이

아프면서부터 잘 못 다니게 됐다. 그래서 종일 TV를 본다. 그렇게 혼자 있는 시간이 많으면서 노인성 우울이 치매로 진행됐을 것이다.

본래 엄마의 기억력은 보통이 아니었다. 모두 잊었던 추억을 불쑥 얘기해서 딸 셋이 깜짝 놀랄 만큼 기억력이 좋으셨다. 어떤 때는 시점을 헷갈리거나 깜빡하고 엉뚱한 소리를 하시지만 말이다.

엄마를 보면서 남의 일 같지 않다고 절실히 느낀다. 요즘 따라 무릎이 '나 여기 있다' 하고 위치를 가르쳐준다. 계단 오르내리기도 쉽지 않고, 노래도 의자에 앉아서 시작한다. 수면장애도 생겨서 새벽이면 꼭 눈이 떠진다.

최근에 치매와 관련된 책을 여러 권 사서 모두 읽어버렸다. 공통적으로 운동이 중요하다고 해서 실내자전거도 들여놓고 수영 개인레슨도 시작했다.

예전에 엄마가 예쁜 옷에 꼭 짜장 국물을 떨어뜨려 옆에서 잔소리를 하곤 했는데, 이젠 내가 그렇게 뭘 흘릴 수가 없다. 금세 엄마 뒤를 따라가는구나.

죽기 전에 필요한 용기

엄마에게 일기 쓰기를 권했다. 돌아가시기 전에 살아온 얘기와 딸들에게 남기고 싶은 얘기를 기록해 보셨으면 했다.

한가할 때마다 엄마 방에서 둘이 앉아 이런저런 얘기를 나누곤 했는데 문득 부질없다는 생각이 들었다. 머릿속에서 여러 사연들이 정리가 잘 안 되는지 엄마는 이 얘기 했다가 저 얘기를 하고, 시점도 오락가락 왔다갔다한다. 결국 일기 쓰기는 포기하기로 선언했다.

"아이고, 됐다. 내가 뭘 얻겠다고 일기를 쓰라 그랬을까!"

그럼 엄마는 대번에 말씀하신다.

"어휴, 죽기 직전이 되어야 내가 이 얘기들을 하지……

아니 어떻게 지금 얘기하겠니?"

난 가만있지 못 하고 대들었다.

"그렇게 이기적인 게 어딨어! 엄마는 죽기 전에 말하고 떠나면 그만이지만, 우리는? 가슴에 맺힌 얘기도 나누지 못하고 던져놓고 떠난 얘기를 붙들고 어쩌라는 거야? 어떻게 그러고 간다는 거야?"

살아서 얽힌 마음들을 채 풀지 못하고 떠나면 남은 사람의 후회는 끔찍하단다. '왜 그 말을 안 했을까? 사랑한다고 왜 말 못 했나?' 하는 후회들이 마음을 갉아먹는단다. 서른 살에 암 진단을 받고 석 달 시한부 인생으로서 죽을 뻔한 고비를 넘긴 나였음에도, 후회 없게끔 표현하고 살았나? 전혀 아니다.

후회가 남지 않는 헤어짐은 이 세상에 없는 것일까? 몇몇 친구들은 어머니가 돌아가시기 전에 속에 담고 있었던 이야기를 다 말했다고 한다. 자신이 속 썩였던 지난 일들을 이야기하며 용서를 구하고, 그동안 정말 고마웠다고, 그리고 엄마가 내 엄마라서 좋았다는 말을 전했단다. 모든 하고픈 말을 전하고 나니 가슴에 맺힌 것이 없더란다.

나도 울 엄마랑 그런 시간을 가지고 싶은데 문제는 그게 생각처럼 잘 안 된다는 거다. 말만 꺼내면 곧장 싸우게 되니 쉽지 않다.

한번은 본인 물건을 조금만 치워도 난리가 나는 엄마에게, 그러지 말고 짐을 조금씩 정리하는 게 어떻겠느냐고 물었다. 고만고만한 패물이며, 핸드백, 머플러, 옷가지들을 주변에 좀 슬슬 나누어주시면 안 되겠느냐고, 나중에 엄마 가신 후 이 많은 물건 속에서 허우적거릴 딸들 생각해서라도 미리미리 남들에게 나누면 안 되겠느냐고 물었다.

"이거 영원토록 갖고 있을 것 같아? 엄마 이제 곧 가. 간 다음에 우리가 몇 달 힘들여 정리할 걸 생각해서 좀 미리미리 하라고! 엄마 조카딸들한테 줄 것 있으면 다 나눠 주라고!"

그 얘길 듣는 엄마의 기분은 그리 흔쾌하진 않았을 것이다. 그럼에도 불구하고 엄마는 아직도 치울 생각이 없으시다.

왜 우리는 죽고 난 후의 이야기를 이토록 꺼리는 걸까? 누구나 내일 무슨 일이 일어날지 모르는 채 살고 있는데. 주변만 보아도 죄다 아픈 사람투성이다. 강을 건너기 전에 내 것을 나누고 정리하는 것도 용기 있는 사람만이 가능한가 보다.

살아서 얽힌 마음들을 채 풀지 못하고 떠나면 남은 사람의 후회는 끔찍하단다. '왜 그 말을 안 했을까? 사랑한다고 왜 말 못 했나' 하는 후회들이 마음을 갉아먹는단다.
후회가 남지 않는 헤어짐은 이 세상에 없는 것일까?

어떤 장례식

1964년부터, 그러니까 아버지 돌아가신 열세 살 때부터 죽음 저편에 대한 생각을 많이 했다. 죽으면 어디로 갈까? 흔적도 없이 사라질까? 그렇게 끝인가? 항상 그런 생각을 했다. 중학교 3학년 졸업앨범에 장래희망을 쓰는 코너가 있었는데, 나는 그곳에 '마음의 평화'라고 썼다.

그런데 죽음 저편으로 가면 줄 끊긴 연처럼 산 사람과의 연결고리가 완전히 끊길까? 왠지 그건 아닐 것 같다. 우리 집의 어려운 살림살이를 일으키느라 힘겨울 때, 무언가 중요한 일이 있을 때마다 꿈에 아버지가 나타났다. 꿈속의 아버지는 아무 말 없이 그저 내 곁에 같이 있었을 뿐이다.

아버지 꿈을 꾸고 나면 일이 잘 풀렸다. 돈을 빌려 급한

불을 끄게 되거나, 레코드 회사랑 계약할 때에도 영락없이 아버지 꿈을 꾸었다. 엄마가 남의 양장점에서 기성 디자이너로 일하던 어느 날, 엄마 꿈에 아버지가 나타나셨다. 기분이 이상해서 그날 출근하지 마시라 했는데 엄마는 기어코 출근하셨다. 그리고 그날 의자에서 일어나 두어 발짝 걸어갔을 때 천정에 달려 있던 큰 샹들리에가 떨어져 방금 엄마가 일어난 그 의자 위로 쿵 하고 떨어졌다.

신기하게도 큰 도움을 받거나 중요한 결정을 할 때마다 아버지 꿈을 꾸었고 왠지 안심이 됐다. 그래서 죽음이 끝이 아니라는 생각이 들었다.

1978년에는 내가 탄 관광버스가 대관령 내리막길 낭떠러지 앞에서 전복되는 큰 교통사고가 났다. 심하게 다쳐서 두 달 동안 입원했었다. 1981년에는 암 수술을 하고 의사로부터 석 달 정도 살 수 있다는 선고를 받았다. 그런데도 지금까지 살아 있다. 우리 삶은 죽고 싶다고 해서 죽어지지도 않고, 살고 싶다고 해서 살아지지도 않는 것 같다. 인간의 목숨이란 게 미리 짜인 각본처럼 예정이 돼 있나 싶기도 하다.

나는 기본적으로 기쁨이 넘칠 결혼식엔 잘 안 가지만, 장례식장에는 최대한 가는 편이다. 조동진 선배의 장례식에 갔을 때가 기억난다. 보통 장례식장 전등은 형광빛인데, 모두 암전시키고 촛불 모양의 램프를 테이블마다 놓았다. 그리고 장례식 벽 한쪽에 빔을 쏴서 조동진 선배의 모습이 담긴 DVD를 틀어두었다.

잔잔한 목소리의 기록이 계속 벽에 지나갔다. 평소 잘 아는 엔지니어가 자기 아이디어라기에 그에게 부탁해두었다. 내가 죽었을 때도 이렇게 해달라고.

그런가 하면 어느 유명한 사진작가의 아버지 이야기도 빼놓을 수 없다. 그분은 생전에 미리 말씀해두시길, 운구를 실어 나를 때 자기가 남긴 카세트테이프를 꼭 틀어달라고 했단다(그때만 해도 카세트가 전부였던 시절이었다). 돌아가시고 운구 차량 안에서 테이프를 틀어보니 돌아가신 분의 목소리가 흘러나왔다.

"야! ○○ 왔니? ○○도 왔고?"

친구들 이름을 한 사람씩 부르면서, 너희들이 올 줄 알았다며 걸진 입담을 늘어놓고, 추억담과 더불어 고맙다는 인사를 전하셨단다. 생생하게 담긴 고인의 음성 때문에 차 안에 있던 사람들은 감탄과 큰 충격을 동시에 받았다. 사람은 떠났는데 목소리는 이리도 생생하고…… 떠나기 전에 친구 한 사람씩 호명하며 남긴 음성 편지라니……. 전해 들은 얘기지만 지금도 잊을 수가 없다.

떠나간 사람들에 이어 나도 죽음을 생각하지 않을 수 없다. 난 묘비명도 무덤도 없었으면 좋겠다. 이 세상에 다녀간 흔적 없이 그렇게 사라지고 싶다. 그저 노래만이 남아서 세상 이곳저곳에서 들리길 바란다.

2

사실 노래에
목숨을 걸진
않았다

O.B's CABIN

느티나무 같은 위로

노래는 기억과 밀접하다. 때론 기억 그 자체이기도 하다. 어떤 노래를 들으면 시간 여행 운운하지 않아도 그냥 그 시절로 가버린다. 그때 함께 이 노래를 듣던 친구, 그 시절 나의 꿈 등.

노래가 나를 달래준 가장 첫 기억은 서른아홉 살의 아버지가 갑자기 돌아가셨던 열세 살 때부터다. 가슴에 휑하니 바람이 든 것 같을 때마다 대문 밖 느티나무에 기대어 노래를 불렀다. 〈라 노비아La Novia〉〈화이트 크리스마스White Christmas〉 등 아버지가 평소 좋아하시던 노래를 불렀다. 이 노래를 들으면 열세 살의 기억이 떠오른다.

언덕 위 우리 집과 길 건넛집 사이엔 가로막는 게 없이 제법 거리가 있었는데 그 집 높은 담벼락에 부딪혀 되돌아오는 공명이 참 좋았다. 텅 빈 목욕탕 안에서 노래하는 듯 울림이 있었다. 저녁상 물리고 오가는 사람들도 드물어지면 가회동 1번지 언덕 위 느티나무에 기대어 마음이 풀릴 때까지 실컷 노래했다.

아무도 듣는 이 없는 어린 내 노래에 귀 기울여, 사사삭 사사삭 울창한 나뭇잎들이 박수를 쳐주는 듯했다. '괜찮아. 잘 될 거야. 아무 걱정 말아라' 위로해주던 느티나무! 세상 걱정 다 안고 있는 그늘진 어린 가슴을 쓰다듬어주던 손길. 마치 동화처럼 나는 나무에게 말했고, 나무는 그 얘기를 들어주었다. 느티나무에 기대어 부르던 노래는 그렇게 내 텅 빈 가슴을 채워주었다.

중고교 시절 6년 동안은 친구들에게 등 떠밀려 늘 교단에 섰다. 반 친구들이 평소에 불러달라고 신청했던 노래들을 익히고 부르기에도 바빴다. 체육대회, 합창대회, 민속무용경연대회 등, 요즘 식으로 말하자면 맡겨진 '이벤트 기획'도 즐거웠다. 고2 때는 민속무용대회에서 사용할 배경음악이 필요해서 무작정 동양방송(TBC) 라디오국을 찾아갔었다. 처음 뵙는 라디오 PD들에게 부탁해서 허락을 받았고, 그분들 덕에 방송국까지 두루 구경할 수 있었다. 그때

방송 일에 관심을 가졌고 앞으로 이쪽 일을 해보고 싶다는 생각을 한 것 같다.

재수하고 대학에 붙었지만 엄마의 빚보증과 양장점 화재로 인해 우리 집은 다시 일어서기 힘들 만큼 살림이 무너졌다. 빨간색 차압 딱지가 붙었던 그날, 나는 송창식 형이 노래하는 곳에 찾아가 돈이 필요하니 노래를 부르겠다고 말했다. 창식 형은 오디션을 보게 해주었고 당장 이튿날부터 아르바이트를 시작했다.

남들은 놀러 나오는 명동에 하루도 빠짐없이 출근했다. 그러나 갚아도 갚아도 끝이 보이지 않는 빚더미에 눌려 열아홉 살의 하루하루는 기운도 없고 희망도 없이 그저 깜깜했다.

햇병아리 가수인지라 테이블보를 깔고 또 접는 첫 무대와 마지막 무대가 내게 주어졌다. 객석에 아무도 없는 시간대인지라 박수는 기대도 안 했지만, 어디선가 응원의 박수가 들려와 둘러보면 주로 웨이터 아저씨들이나 주방 식구들이 쳐주는 박수였다. 늘 기운이 없다고 하면 사람 좋은 웨이터 김기운 아저씨는 날 보며 웃었다.

"어이구 뭔 소리여, 기운이 여기 있잖여? 나, 김기운!"

주방 옆 출입문에 기대어 서서 조명 빛에 번뜩이는 단

도로 오이나 당근을 잘라서 먹던 UDT 출신의 신 상사는 보기만 해도 너무 무서웠다. 하지만 술에 취해 혀 꼬부라진 소리로 〈이루어질 수 없는 사랑〉을 청하던 신 상사와는 그의 사랑 이야기를 듣게 된 후로 친해졌다. 취객들 때문에 무서워하면 차 타는 곳까지 늘 바래다주던 고마운 경호원이기도 했다.

김기운 아저씨와 신 상사 아저씨, 이 두 사람에 대한 기억은 희망 없던 깜깜 절벽의 시절 느티나무 같은 위로였다. 작은 돌부리엔 걸려 넘어져도 태산에 걸려 넘어지는 법은 없다고, 뭐 엄청 대단한 사람이 우리를 위로한다기보다 진심 어린 말과 눈빛이 우리를 일으킨다는 걸 배웠다. 세상천지 기댈 곳 없고 내 편은 어디에도 없구나 싶을 때, 이런 따뜻한 기억들이 나를 위로하며 안 보이는 길을 더듬어 다시 한 발짝 내딛게 해준다.

몇 년 전에 어릴 적 기대어 노래 부르던 그 느티나무를 찾아가 보았다.

'많이 변했을까? 나무는 나를 알아볼까?'

가슴이 마구 떨렸다. 도착해보니 내가 살던 집은 사라지고 새로운 건물이 들어서 동네 분위기가 그때와 사뭇 달랐다. 실망하려던 차에 눈에 들어온 나무 한 그루. 느티나무는 예전 모습 그대로 그 자리에 있었다. '어, 왔어?' 하고 나를 딱 알아보며…….

응, 나 왔어. 잘 있었지? 그땐 정말 많이 고마웠어. 내 어린 날의 친구!

작은 돌부리엔 걸려 넘어져도 태산에 걸려 넘어지는 법은 없다고, 뭐 엄청 대단한 사람이 우리를 위로한다기보다 진심 어린 말과 눈빛이 우리를 일으킨다는 걸 배웠다. 세상 천지 기댈 곳 없고 내 편은 어디에도 없구나 싶을 때, 이런 따뜻한 기억들이 나를 위로하며 안 보이는 길을 더듬어 다시 한 발짝 내딛게 해준다.

〈아침 이슬〉과 김민기

맨 뒤에 서 있던 내게는 무대가 잘 보이지 않았다. 무대에서 노래하는 이를 보기 위해 계속 까치발을 들었다 내렸다 했다.

얼굴이 유난히 하얗고 눈썹이 짙은 젊은이가 조금은 어리숙하고 구부정하게 서서 두 손을 모아 느릿느릿 노래를 부르고 있었다. 바지 무릎은 구겨져 튀어나왔고, 검정 물을 들인 군대 작업복을 걸치고 있었다.

"기인 바암 지이새우우고 푸울잎마다 매애치인 지인주우보다 더 고오우운……."

나는 숨을 죽이고 한 호흡이라도 놓칠세라 집중하여 들었다. 세상에 태어나 처음 듣는 그 노래는 내 콧날을 시큰하게 만들며 가슴으로 그냥 들어왔다.

1971년 초봄, 대한일보사 꼭대기층 강당에서 미국 가는 선배의 환송 기념으로 갖게 된 작은 음악회라고 했다. 그날 그 자리에서 나는 〈아침 이슬〉을 처음 들었다. 훗날 그 노래와 내 이름이 한 데 묶여져 50년 넘게 따라다닐 줄은 꿈에도 모른 채, 나는 누구보다도 먼저 그 노래에 빠져들었던 것이다.

"저 노래 너무 좋다. 배우고 싶어."

내가 간절하게 말했더니 그 소리를 들은 김민기의 동급생이 "가만, 아까 민기가 악보에 적는 걸 보았는데…… 어디 있지?" 하며 두리번거리며 찾기 시작했다. 마침내 공연이 끝날 즈음 바닥에 떨어진 종이 몇 조각을 찾을 수 있었다. 찢어진 악보 조각이었지만 무슨 귀한 보물이라도 얻은 양 내 손이 떨렸던 기억이 새롭다.

그날 밤 집에 와서 나는 찢긴 악보 몇 조각을 정성스레 펴고 조각을 맞추어 테이프로 붙였다. 그리고 1971년 가을 첫 음반을 만들게 됐을 때 음반에 수록될 노래로 고민 없이 〈아침 이슬〉을 꼽았다. 김민기도 나의 부탁에 "그래라!" 한 마디로 허락해주었다.

허무하다면 허무하게, 허전하다면 허전하게 첫 음반 취

입이 끝났다. 아르바이트 하던 '오비스 캐빈'에서 부르던 노래들이 모여 첫 음반이 된 것이다. 내 나이 만 열여덟 살 때의 일이었다.

〈아침 이슬〉을 취입하고 오만 원이 주어졌다. 하지만 그 돈을 받지 않았다.

"이 돈을 받으면 나는 오만 원짜리 가수가 되는 거잖아요?"

그날 밤 집으로 돌아오는 길. '그 돈이면 쌀도 연탄도 넉넉히 들일 수 있는데……' 하며 아쉬웠지만 여전히 난 고개를 바짝 쳐들었다.

1971년 7월 1일 어느 라디오 방송이었던가. 공개방송 녹음을 겸해서 리사이틀을 해보자는 요청이 들어왔다. 나는 김민기의 도움과 '청개구리' 식구들의 따뜻한 격려에 힘입어 종로 YMCA 대강당에서 데뷔 리사이틀을 갖게 되었다.

그날 오후 떨리는 가슴을 가라앉히려고 일부러 여기저기를 마구 싸돌아다녔다. 그러다 엄청난 소나기를 만나 머리끝에서 발끝까지 흠뻑 젖고 말았다. 무대가 시작되기 직전에 나타난 내 모습을 보고 놀란 눈빛으로 쳐다보던 사람들. 하지만 마치 옷 입은 채 샤워한 듯 비를 맞고 나니 오히려 떨리던 가슴이 트이고 후련해졌다.

흠뻑 젖은 긴 머리에 물을 뚝뚝 떨어뜨리며 도착하니 당장 노래할 사람 꼴이 이게 뭐냐며, 무대 뒤에서 나를 기다려주던 '청개구리' 식구들은 일제히 난리가 났다. 그러나 정작 나는 비에 젖은 것보다는 긴장 때문에 사시나무처럼 떨었다. 아무리 라디오 공개방송이고 무료입장이라 해도 그렇게 많은 사람들이 올 거라고는 상상도 못했다.

여름날의 YMCA 강당은 온통 열기로 가득 차 있었다. 가족과 같은 청개구리의 언니들, 그리고 통기타 식구들 모두가 무대 뒤에서 떨고 있는 나를 다독거리며 진정시켜주었다.

그날 나는 비에 젖은 청바지 대신 엄마가 만들어주신 보라색 드레스로 갈아입고 노래를 불렀다. 객석의 박수와 격려, 그리고 무대 뒤에서의 응원 덕분에 공연은 다행히 별 탈 없이 끝났다.

1973년이었던가. 〈아침 이슬〉은 건전가요로 뽑혀서 상을 받았지만, 그 후 느닷없이 금지곡이 되었다. 이유는 아직도 알 길이 없다. 시중에 나와 있던 모든 음반들이 압수 수거되고, 방송국 도서실에 비치되어 있던 자료에도 빨간 가위표가 그려진 채 커다랗게 '금지곡'이라고 써졌다.

이후에 나의 첫 번째 음반인 《아침 이슬》은 시중에서도 구할 수 없는 희귀템이 되었다. 부르는 게 값이라는 얘기도 있다. 동시에 김민기는 요주의 인물로 찍혔고, 급기야는 학교 축제 때 〈꽃 피우는 아이〉를 부르다가 어디론가 끌려가기도 했다. 그때부터 긴 세월 동안 성가신 일들을 많이 당했다. 간단하게 넘어갈 얘기는 아니지만, 본인이 그러한 일들에 대해 드러내놓고 언급한 적이 없어서 이 정도로밖에는 얘기할 도리가 없다.

어려운 일을 같이 겪지는 않았지만 그가 당한 일로 나 역시 남몰래 많이 울었다. 그의 순수는 늘 나의 타협과 비교가 되었다. 동생들과 먹고살아야 했기에 노래를 돈과 바꾸며 타협할 동안, 그는 처음 보던 그날의 그 빛나는 눈빛으로, 때묻지 않은 순수와 고집불통으로 자기를 지키며 사는 사람이었다.

긴 잠을 자던 〈아침 이슬〉은 1987년쯤에 해금이 되어 다시 음반으로 나올 수 있게 되었다. 그 음반이 얼마만큼의 돈을 벌어들였는지는 작곡자인 김민기나 노래를 부른 나 역시 전혀 알 길이 없다. 그것은 레코드 회사의 일이었기 때문이다. 요즘처럼 가수마다 매니저를 두고 일을 보거나, 저작권이 제대로 만들어져 있던 시절도 아니었다. 서른여섯 살이 넘도록 가수로서의 권리를 찾아가며 음반을 낸 적이 한 번도 없었다.

더구나 김민기는 작사, 작곡, 편곡, 연주 등 모든 일을 아무 계산 없이 식구에게 하듯 베풀어주기만 했다. 본인이 얼마짜리의 일을 해주었다는 식의 계산이 도무지 없는 사람이었다. 그렇다고 '이 노래는 너를 위해 만들었으니 불러보라'고 한 적도 없다. 언제나 내가 먼저 사정을 했고, 그는 별말 없이 나와 함께 작업을 해주었다.

가끔 이런 질문을 받을 때가 있다.

"지금껏 부른 노래 중에 어느 곡이 가장 마음에 드나요?"

나는 서슴없이《서울로 가는 길》과《거치른 들판에 푸르른 솔잎처럼(상록수)》앨범을 꼽겠다.《서울로 가는 길》은 1972년에 김민기의 곡으로만 취입한 음반이고,《거치른 들판에 푸르른 솔잎처럼》은 1978년에 7년 만에 겨우 졸업하게 된 나의 대학 졸업기념으로 그가 만들어준 음반이다.

〈아침 이슬〉로 시작해서 긴 세월 동안 김민기의 노래만큼 내 가슴에 와 닿은 노래는 없었다. 그가 만든 〈아침 이슬〉이 아니었다면 어쩌면 나는 가수 양희은이 아닌 전혀 다른 인생을 살아갔을지도 모른다.

대한일보사 강당 바닥에서 주운 찢어진 악보에 적혀 있

던 〈아침 이슬〉은 꿈에라도 가수가 될 줄 몰랐던 양희은을 가수로 만들어준 노래이며, 오늘까지도 나의 대명사처럼 따라다니고 있다. 조각 맞추기를 해서 정성스레 다시 붙여 놓은 그 찢어진 악보를 아직까지도 나는 간직하고 있다.

'이루어질 수 없는 사랑'은 없다

가요계에 떠도는 말 중에 '가수의 첫 히트곡이 곧 그 가수의 팔자'라는 얘기가 있다. 슬픈 사랑 노래를 히트시켰다면 실제로 그 가수의 사랑도 슬프게 끝나더라는 통설이다. 어쩌다 가수의 사생활을 가까이서 지켜본 이들이 입을 모아 그 얘기에 동의하는 것을 보면 그런 통계가 어슷비슷하게 맞아 들어가는가 보다.

나의 첫 히트곡은 〈아침 이슬〉 〈세노야〉로 알려져 있지만 사람들이 제일 많이 찾은 노래는 〈이루어질 수 없는 사랑〉이라고 들었다.

열아홉 살의 여름, 나는 친구에게서 〈~이었기에〉라는 노래를 배웠다. 기타를 못 치면 간첩이라던 시절, 잡기 쉬운 기타 코드에다 노랫말도 곱고 쉬워서 단숨에 가사를 받아 적으며 그 노래를 뗐다. 그 노래는 소위 캠퍼스의 자생적 히트곡이었고, 대학가에선 모르는 이가 없을 정도로 유명했다.

취입을 마치고 음반이 나오기 전에 어렵게 수소문하여 노래의 원곡자를 찾았다. 나보다 두 살 위인 김정신이라는 여대생이었는데, 실연당한 친구를 위로하려고 노래를 만들었다고 한다. 내 음반을 준비하면서 이 노래의 제목을 〈~이었기에〉에서 〈이루어질 수 없는 사랑〉으로 바꾸어 달았다.

〈아침 이슬〉에 이어 〈이루어질 수 없는 사랑〉 역시 금지곡 명단에 올라 각 방송국 심의실에 통보가 되었다. 이 곡의 금지 사유를 읽으면서 배를 잡고 웃었다. '왜 사랑이 이루어질 수 없는가. 이것은 퇴폐적인 가사다.' 정부 해당 기관의 금지 조치에도 불구하고 이상하게도 금지곡들은 들불처럼 번져갔다. 게다가 금지곡을 부른 가수인 나에게는 어떤 훈장과도 같은 특별한 의미가 주어졌다.

사람들의 사랑을 많이 받은 나의 첫 히트곡이 〈이루어질 수 없는 사랑〉이라면 나 역시 슬픈 사랑을 할 팔자란 말인가? 사랑이 이루어진다는 건 무엇일까. 글쎄, 사랑은 결국 소유인 걸까? 내 것으로 가지는 것, 그것이 이루어질 수 있는 사랑이라면 사람을 내 것으로 가진다는 건 무엇일까? 대체 사람이 사람의 무엇을 소유할 수 있다는 말인가?

내게는 첫사랑도, 짝사랑도 있었다. 누구나 그러하듯이 무척 안타까운 설렘이었다. 나는 그들을 지금도 만나지만 예전처럼 얼굴이 달아오른다거나 심장 뛰는 소리를 들킬까 봐 걱정하지는 않는다. 그렇듯 시간의 강줄기를 타고 무덤덤하게 꽤 멀리까지 흘러온 것 같다.

첫사랑도, 짝사랑도 까맣게 멀어졌을 즈음 나는 서울에서 남편을 만났다. 초면은 아니었지만 그렇다고 서로 잘 아는 사이도 아니었다. 뉴욕에서 몇 번 스치듯 본 적이 있었다. 기분 좋게 상큼해 보이는 인상의 남편은 39세, 나는 36세였다. 한 달이 지나고 나는 남편의 청혼을 받았다. 36세의 봄은 왠지 한 뼘쯤 허공에 뜬 기분! 온 세상이 찬란하게 보였다. 햇살 받아 반짝이는 윤슬 같았다. 그렇게나 눈이 부셨다.

아니다! 세상이고 윤슬이고 간에 하나도 안 보였다. 오직 그 사람만 보였다. 그 잘 먹던 밥도 제대로 못 먹고, 늘어지게 자던 잠도 제대로 못 잘 정도로 마음이 설렜지만 전혀 배고프거나 어지럽거나 헤매지는 않았다. 그렇게 눈에 콩깍지를 뒤집어쓰고 우리는 서로를 '내 사람'으로 가질 수 있었다. 사랑이 이루어진 것이다.

모든 '이루어질 수 없는 사랑'은 결국 '이루어질 수 있는 사랑'을 위한 연습이었나? 그래서 결론은, 세상에 이루어질 수 없는 사랑이란 없다는 것이다. 내 노래 〈이루어질 수 없는 사랑〉의 실제 주인공이었던 두 남녀도 지금쯤 추억 속에서 서로의 마음을 가졌을 것이다. 추억을 가질 수 있는 한 서로를 가진 것이니까. 그것은 누구도 흉내 낼 수 없는 둘만의 추억이니까.

'왜 사랑이 이루어질 수 없는가? 이것은 퇴폐적인 가사다'라고 한 예전의 금지 사유가 얼마나 옳은 말인지. 이제야 그 금지 사유를 알 것도 같다.

킹박과의 질긴 인연

처음 그 양반을 뵌 것은 1971년 6월쯤이었다. '오비스 캐빈'에서 노래 품을 판 지 한 달쯤 되었을 때, 몇몇 잘 아는 라디오 PD들이 이왕이면 음반을 내라며 킹레코드사를 소개해주었다. 세운상가 3층에 위치한 사무실을 조심스레 찾아간 그날, 킹레코드사의 박 사장은 비좁은 사무실 밖으로 나와 내게 점심을 사주셨다. 초면의 어른을 뵙는 자리라 무척 쫄아 있었다.

"너도 김추자 같은 가수가 될 수 있어. 내가 장담하지!"

그 양반은 시끄러운 소리로 후후 쩝쩝 순두부를 먹으며 아무렇지도 않게 말했다. 하지만 그 짧은 말에 깜짝 놀라서 뜨거운 된장찌개를 꿀떡 삼키다가 입천장을 홀라당

81

데었다.

사람들은 킹레코드사의 박 사장을 줄여서 킹박이라고 불렀다. 킹박을 만나고 며칠이 지나서 〈아침 이슬〉을 녹음 했다. 김민기가 기타1을, 이용복이 기타2를 맡았다. 배달된 찌개백반으로 허기를 채워가며 줄달음에 첫 취입을 끝냈다. 김민기와 이용복이 가고 난 뒤, 아무래도 시간이 빌 것 같으니 한 곡만 더 불러보라는 바람에, 재수할 때 배운 〈이루어질 수 없는 사랑〉을 어설픈 나의 기타 반주에 맞춰 불렀다. 집에서 할 때보다 못 불렀다 싶었는데 녹음기사는 "좋아요, 오케이" 하는 게 아닌가.

"다시 부르면 안 될까요? 잘 못 불렀는데."

"아니, 왜 다시 해요? 좋은데."

그것이 전부였다.

나는 먼지바람이 부는 뚝섬의 개천길을 터덜터덜 걸어 나와 집으로 왔다.

그리고 음반의 표지에 실릴 사진을 찍고 뒷면의 노랫말을 직접 써서 회사에 갖다 주었다.

그 후로 나는 해마다 한 장씩 킹레코드사에서 새 앨범을 내놓았다.

1971년 《아침 이슬》《이루어질 수 없는 사랑》

1972년 《서울로 가는 길》《불나무》

1973년 《신중현 작곡집》

1974년 《내 님의 사랑은》

1975년 《한 사람》

1976년 《들길 따라서》《흘러간 옛 노래》

　　　　《크리스마스 캐롤과 성가집》

1978년 《거치른 들판에 푸르른 솔잎처럼》

　새 음반을 낼 때 킹박에게 돈을 받은 적이 없다. 1983년 까지 킹박으로부터 받은 돈은 엄마의 두 번째 빚잔치를 치르면서 신부님께 무이자 무기한으로 빌린 돈을 갚기 위해

음반을 내기로 하고 받은 250만 원이 전부였다. 그렇다고 계약서를 쓰고, 계약 기간을 정한 것도 아니었다.

하고 싶은 대로 실컷 녹음실을 쓰고, 부르고 싶은 노래를 맘껏 부르라고 내버려두는 자유가 좋았을 뿐이다. 아무리 히트감이라 해도 부르기 싫음 그만이었다. 킹박은 전적으로 나에게 선곡, 편곡, 녹음실 쓰는 시간 등을 일임해주었다.

1978년 뒤늦은 졸업과 함께 《거치른 들판에 푸르른 솔잎처럼》 취입을 끝낸 후, 나는 갑작스레 교통사고를 당하여 입원하게 되었다. 킹박은 진행 중인 어떤 일만 마무리지으면 보너스를 겸해서 큰돈을 주겠다고 약속했었다.

그러나 돈은커녕 킹박의 얼굴도 볼 수 없었다. 신문에 의하면 레코드회사의 문을 닫고 미국으로 갔다는 말도 있었고, 무슨 시행착오를 저질렀는지 골프장이며 제주도 귤 농장도 다 처분했다고도 하였다.

그 후 1981년 겨울, 뉴욕의 한식당에서 킹박을 우연히 만났다. 그는 더듬더듬 말을 붙였다.

"뉴욕서 콘서트를 하면 누가 몇천 불 준다는데 할래?"

나의 대꾸는 간단했다.

"상대하기도 싫으니 꺼지세요."

1982년 여름, 긴 배낭여행을 마치고 내가 다시 서울로 돌아왔을 때도 킹박은 또 한 번 매달렸다.

"좀 도와주라. 새 음반 내자."

나는 다음과 같이 말하며 빈정거리면서 돌아섰다.

"1978년에 나랑 한 약속을 지킨 후에라야 그 다음 일도 이어지는 거 아닌가요? 모든 걸 버리고 미국으로 도망갈 때는 언제고 왜 또 그러시는 건지?"

암 수술을 끝내고 석 달 시한부 선고를 받았던 내가, 넉 달째 안 죽고 살아 있는 덕에 다시 라디오 DJ로 일을 시작했다. 그 당시 내 음반이 시중에서 어떻게 팔리고 있는지를 듣고 기함을 했다. 청계천 어느 레코드 도매상에서 '양희은 암 선고' '시한부 인생' '양희은의 마지막 앨범'이란 플래카드까지 걸어놓고 음반을 판매하고 있단다. 제법 많이 팔리고 있다는 소문도 들었다.

열여덟 곡을 쫌쫌하게 때려 넣은 엄청난 장삿속에 열이 받아, 나는 물어물어 킹박의 전화번호를 알아냈다.

"내가 세상에 태어나서 한 일이라곤 당신 뱃가죽에 비계 끼게 해준 것뿐이야. 아예 나 죽는다고 써 붙이고 판 팔아먹는다며?"

나는 이 세상에서 킹박 같은 사람을 상대하려면 그 사

람보다 더 큰 난리를 치든가, 아예 불쌍하게 보여야 한다는 사실을 깨닫게 되었다.

나는 1978년 킹박이 안 지켰던 약속 때문에 약이 올라서 으르렁댔고, 킹박은 자기가 기억할 수도 없는 일을 가지고 약속 운운하며 쪼아대니 정말 죽을 맛이라고 대꾸했다. 둘 사이에 말로 티격태격하는 것 정도는 뭐 새삼스러운 일도 아니었다. 설왕설래 끝에 1983년에 새 음반인 《하얀 목련》을 취입했다.

그 덕에 킹박에게서 역사적으로 두 번째인 돈을 받았다. 그 돈으로 13평짜리 시민아파트를 벗어나 화곡동의 36평짜리 연립주택으로 이사할 수 있었다. 하지만 약속했던 돈도 연립주택 중도금 날짜를 여러 번 어기면서 사정을 하고 구걸해야 조금씩 받을 수 있었다. 마땅히 받아야 할 돈인데도 그런 식으로 찔금찔금 받게 되니 나중엔 고맙지도 않았다.

그럼에도 1985년에 《찔레꽃 피면》《한계령》, 1987년에 《이별 이후》 등 음반을 계속 만들었으니 피차 우리는 어쩔 수 없는 사이였던가 보다.

1993년이 되었다. 저녁 설거지로 바쁜데 어느 한의원에서 전화가 걸려왔다. 누구를 바꿔준다더니 곧 힘들게 웅얼

거리는 목소리가 들려왔다. 킹박이었다. 오랜만에 만난 후배와 15시간을 꼬박 바둑을 두었고, 이상하게 몸살 기운이 있길래 그냥 감기인가 보다 했는데 얼마 안 있어 갑자기 쓰러졌다는 것이다.

24시간 내내 따라다니며 간호했다. 간병을 하면서도 가끔 울화가 치밀어서, 23년 동안 내게 돈을 준 게 딱 두 번 아니냐, 등록금 없어서 고생할 그때 나를 조금만 도와주었어도 지금보다 더 근사한 대접을 받았을 것 아니냐고 꽥꽥거렸다. 킹박은 내 말귀를 전혀 못 알아듣는 사람처럼 대꾸조차 안 했다. 그런데 참 이상했다. 그런 킹박이 밉지가 않았다는 거다.

킹박은 히트가 될 노래와 안 될 노래를 피부로 알아내는 놀라운 재주가 있었다. 조용필의 〈돌아와요 부산항에〉, 강병철과 삼태기의 메들리, 당시 청계천 도매업자들에게 알려지지 않았던 이문세를 발견한 것도 킹박이었다.

대한민국 레코드 업계의 전설 같은 괴물 킹박은 《아침이슬》 음반을 방송국에 돌리지도 않았다. 코털을 잡아 뽑으면서 "사서 틀라구 해!" 이렇게 말했다. 세상에! 방송국 자료실에 자료용 음반을 안 주는 레코드 회사 사장이 또 누가 있을까!

사람들은 목소리 큰 양희은이가 킹박에게서 대체 어떤 대우를 받고 있길래 오직 그 회사만 지키고 떠나지 않았나 궁금해하였다. 하지만 내가 킹박을 떠나지 않았던 이유는 다른 게 아니라 한 우물만 파는 것이 내 직성에 맞기 때문이다. 달면 삼키고, 쓰면 뱉는다는 연예계에서 늘 크게 부딪히고 싸우면서도 킹박을 안 떠났던 이유는 그 사람이 내게 해준 무엇 때문이 아니다. 그저 내 궁뎅이가 질긴 탓이다.

청춘은 가도 노래는 남아

2015년 '열린 음악회' 녹화 때 이야기다. 송창식·양희은 특집이 특별 편성되었다. 방송 준비로 노래 연습을 하면서 나는 다시 고2 여고생이 되었고 여러 가지 기억들이 영화처럼 스쳐갔다.

송창식 형을 처음 만난 건 고등학교 2학년 때였다. 고교 시절 특활반인 영어회화 클럽에서 창립기념일에 직속 선배인 윤형주 형을 초대했었다. 그때는 송창식, 윤형주 두 사람이 '트윈폴리오' 활동을 할 때라 늘 같이 다니곤 했다. 그 행사에 재학생 대표로 내가 답가를 했는데 반주 없이 노래를 부르니까 두 분이 기타 반주로 감싸주셨다. 그리고 얼마 지나지 않아 윤형주 형이 같은 교회의 우리 학교 아이를 찾아 양희은이라는 학생에게 건네주라며 트윈폴리오 공연 초대장을 주셨다.

그렇게 맺은 인연은 '청개구리'에서 본격적으로 이어졌다. '청개구리'는 서울 YWCA 식당을 개조한 앉은뱅이식 좌식다방으로 입장료는 100원이었다. 우리나라 통기타 문화의 1세대와 2세대가 만날 수 있었던 의미 깊은 곳이다.

난 창식 형의 노래를 좋아했다. 그러다가 우리 집에 모진 바람이 불어 끼니 걱정을 하게 되었을 때, 나는 형이 일하는 곳으로 찾아가 이곳에서 노래하게 해달라고 부탁했다.

"왜 노래를 하려고 해?"

"돈이 필요해서요."

뚫어져라 나를 보시던 그 눈빛을 아직도 잊지 못한다. 겉사람을 뚫고 내 뒤의 벽을 보던 눈빛. 창식 형은 이종환 선생님 앞에 날 데려갔다.

"형, 애 노래 좀 들어 봐줘요. 아주 잘해요."

이렇게 적극 추천하시며, 자기 스테이지 시간을 채우지 않고 10분쯤 남겨놓고 내려왔다. 나는 그 10분이라는 시간 동안 부를 만한 레퍼토리도 변변찮아서 〈섬집아기〉 〈따오기〉 〈이루어질 수 없는 사랑〉 등을 불렀다.

무대에서 내려오자 이종환 선생님은 나에게 "내일부터

나와서 일하라" 하셨다. 그때 내가 "그런데요. 저 가불 좀 해주실 수 있을까요?" 했더니 '뭐 이런 웃기는 햇병아리가 다 있나?' 하는 표정으로 쳐다보고는 그렇게 해주겠노라 하셨다.

그렇게 나는 송창식 형의 적극 추천에 힘입어 세상 앞에 섰고 처음으로 돈을 받고 노래를 하게 되었다. 형이 지금껏 살면서 양희은 말고 그 누구도 추천해본 적이 없다는 사실을 시간이 한참 지나서야 알게 되었다. 세월이 흐른 후 형은 나의 첫인상을 이렇게 말했다.

"이제 곧 좋은 가수가 하나 나오겠구나, 하고 생각했지. 너 같은 사람이 가수를 해야지. 가수 외에 어떤 일을 하겠어? 너는 집이 망해서 노래할 수밖에 없었다고 하지만 천만에! 어차피 가수가 되었을 거야."

그곳에서 한 달 일하다가 꿈에 그리던 무대, 통기타의 메카인 '오비스 캐빈'의 오디션을 통과했다. 덕분에 명동에서 20대를 보내며 가족을 부양하고 집안을 일으킬 수 있었다. 집도 사고 동생 둘, 그리고 나도 대학을 마쳤다.

이번 특집방송에서 송창식 형과 같이 부를 노래로 〈슬픈 얼굴 짓지 말아요〉 〈사랑이야〉를 골랐다. 〈사랑이야〉는 형이 본래 나를 생각하며 만든 노래라고 제작진에게 말하셨단다. 아마 희은이는 그 사실을 모를 거라고(와! 이런 비밀이 있었다니).

세월이 흘러 우리의 청춘도 가고, 시궁창에 엎어져 있을 때 처음 손을 잡아준 바로 그 선배와 육십객이 되어 함께 무대에 오르는 감격을 누렸다. 형도 나도 초년 고생이 말이 아니었는데, 형은 이제 일흔을 바라보고 나는 6년쯤 뒤처져 이렇게 따라가고 있으니…… 창식 형의 옛 노래를 들으며 우리의 가버린 청춘이 생각나 아스라이 아파왔고 결국 노래 끝에 울어버렸다.

"넌 노래가 전부는 아니더라"

콘서트를 마치고 집에 오면 기가 다 위로 뻗쳐서 쉬이 잠을 이루지 못한다. 온 힘을 다 쏟아붓고 지쳐서 곯아떨어질 것 같은데 말이다. 목소리는 잠과 직결돼 있어서 잘 자야 회복이 되는데 모자라는 잠 때문에 괴롭다. 사람마다 조금씩 다르겠지만, 나의 경우 밥은 굶어도 잠은 충분히 자야 쌩쌩하게 회복할 수 있다.

2018년 가을, 세종문화회관 무대에 오랜만에 섰다. 고등학생일 때는 허구한 날 시민회관(화재로 소실되기 전) 앞을 지나갈 때마다 소리 높여 노래를 불렀다. 내가 부르는 노래를 들으며 번잡한 세종로를 지나 가회동 우리 집까지 걸어가는 걸 좋아했다.

이미 고인이 된 가수 최병걸 씨가 "혹시 옛날에 광화문통에서 큰소리로 노래 부르고 다닌 그 여학생이 너 맞니?" 하고 물어본 적이 있다. 아무도 신경 안 쓰고 내 생각과 느낌에 갇혀서 하고픈 대로 노래했던 모습을 누군가 지켜봤고 기억한다는 사실이 놀라웠다.

그랬던 10대 소녀가 67세가 되어 세종문화회관 무대에 세 번째 단독 콘서트로 다시 서게 되었다. 50여 년의 노래 인생이 순식간에 지난 느낌이었다. 그리고 내 손을 잡아 무대로 안내해준 송창식 선배에 대한 새삼스러운 고마움으로 가슴이 벅차 왔다.

"쭉 같이 노래하고 싶었어. 그런데 넌 노래가 전부는 아니더라."

송창식 선배는 내가 노래에 올인 할 줄 알았는데 그렇지 않더라며 아쉬움을 표한 적이 있다. 자신은 같이 갈 사람이 필요했다고…… 그때 나는 '왜 그렇게 생각하셨어요?' 하고 묻지 않았다. 그 말이 너무 정확했기 때문이다.

사실 노래에 목숨을 걸진 않았다. 그건 지금도 반성한다. 〈아침 이슬〉로 시작했으니 그 다음 곡은 〈아침 이슬〉을 넘어서야 한다는 부담이 커서 풀기 힘든 숙제 같았다. 지금도 '이 산을 어떻게 넘어서나' 하는 고민들로 노래는 늘 어럽다.

그러나 노래와 동시에 시작한 라디오는 부담이 없었고 싫증도 안 났으며, 늘 새로운 사연들이 재미있고 또 음악에 귀 기울이는 시간도 좋았다. 그때나 지금이나 똑같은 호감과 호기심이 마이크 앞에 나를 앉혔고, 그 마음은 한결같다. 송창식 선배가 말한 "너는 노래가 전부가 아니더라"는 지적은 당연히 옳았다. 만약 라디오에 정성을 들인 만큼 노래에 마음을 쏟았더라면 나는 지금 어떤 가수가 되어 있을까.

콘서트는 무사히 잘 마쳤다.

"여태까지의 공연 중에서 가장 압권이었어."

여러 차례 공연을 본 친구가 말했다. 동생 희경이도 마찬가지였다.

"언니, 이젠 더 올라간다는 생각 버려도 돼. 그만 내려와. 이제 잘만 내려오면 돼."

이렇게 인생의 정점이 찍히는 걸까? 과연 정점이 있기는 한 걸까? 나는 언제까지 노래할 수 있을까?

즐겁게 놀듯이 노래할 수 있다면 참 좋겠다. 하지만 쉽지 않은 얘기다. 슬렁슬렁 놀듯 무대를 누비며, 숨 쉬듯 말하듯 하는 노래. 언제쯤에야 그런 경지에 닿을 수 있을까? 아마 끝까지 해내지 못하고 내려올 수도 있겠지.

이래저래 마음이 복잡할 땐, 어린 날 햇병아리도 못 된 아르바이트 달걀 가수 시절에 뼈에 새긴 결심을 떠올린다.

'내 노래를 들어주는 한 사람의 가슴이 있다면 난 노래할 거야.'

사람들이 많이 찾아오고 박이 터지는 건 어쩌면 운이지만, 정성은 이쪽 몫이다. 잊지 말자.

양희은이 무대에서 운 까닭

노래를 시작하고 처음으로 송창식, 윤형주, 김세환 선배와 함께 무대에 서게 되었다. 세종문화회관에서 열릴 '포크 빅4 콘서트'였는데, 공연 전에 사진 촬영과 인터뷰, 연습 등으로 정신 없었다. 공연하는 사흘 동안도 어깨며 뒷목이 있는 대로 뻣뻣하게 아파 왔다.

나는 아침 생방송을 위해 매일 아침 6시 반이면 어김없이 출근해야 한다. 그래서 취침 시간이 늘 밤 10시 반 언저리인데, 그에 반해 밤도깨비인 선배 세 분께 밤 11시, 12시는 초저녁에 불과했다. 사실 가수들의 활동 시간은 주로 저녁이나 밤이어서 아침 일찍부터 일어나 활동을 하는 사람은 거의 없다.

선배들의 일과가 끝나고 한밤중에 연습이 시작되면 다음 날 '여성시대' 진행할 걱정이 앞섰다. 관건은 컨디션 조절이었다. 가수에게나 진행자에게나 목소리의 혼탁은 얼마만큼 숙면을 했느냐와 직결되어 있기 때문이다. 다행히 공연 당일 컨디션은 아주 좋았다.

공연 직전 마지막 연습을 위해 무대에 섰다. 세종문화회관 대강당 무대에 서면 누구라도 무대의 깊이와 높이 때문에 주눅이 든다. 사방이 트인 빈 들판에 서 있듯 마음의 폭을 넓게 잡아야만 삼천팔백여 명의 시선과 마음을 끌어안고 노래할 수 있다. 객석은 물론이고 객석 위에 허공까지 다 잡아야만 노래의 울림이 퍼져나갈 수 있기 때문이다.

사흘간의 주말 공연 중에서 가운데 끼인 토요일 공연 때 나는 울면서 노래를 했다. 며칠 후 울면서 노래하는 것이 무슨 뉴스라도 되는 양 신문에 그 얘기가 큼지막하게 기사화되었다. '왜 울었을까? 언제나 씩씩하고 대장부 같고 도무지 사람들 앞에서 눈물을 보이지 않게 생긴(나 생긴 게 어떻단 말인지……) 양희은이 무대에서 운 까닭은?'

내 몫의 스테이지는 노래 네 곡이었는데 〈한계령〉〈저 하늘의 구름 따라〉〈이루어질 수 없는 사랑〉〈아침 이슬〉 순서로 불렀다. 〈한계령〉은 피리로 조용히 전주가 시작되었고 마무리 역시 피리였다. 그리고 이어서 1998년 IMF 체제 하에서 늘어만 가는 가출 청소년들과 노숙자들에게 바친 〈저 하늘의 구름 따라〉를 불렀는데, 노래의 끝부분쯤 객석의 어떤 아저씨가 손수건을 꺼내어 눈물을 찍는 모습이 눈에 들어왔다. 순간 왠지 내 코끝이 찌르르해졌다.

그 노래 2절 후렴에 가서는 몇몇 분들이 모두 손수건을 꺼내 눈물을 닦는 바람에 메아리치듯 내 마음도 울컥했다. 그리고 〈이루어질 수 없는 사랑〉에 가서는 수많은 아줌마들이 울었다. 나도 울었다. 기타를 쳐야 하기에 눈물을 닦을 수는 없었고, 한 번 시작된 마음과 마음의 공명은 계속 서로 부딪쳤다.

네 번째 노래인 〈아침 이슬〉을 부를 때는 어린 날이 자꾸 떠올랐다. 누가 무어라 하면 어린 콩새 가슴이 되어 한껏 두려워했던 그 시절 말이다.

가만히 보면 눈물도 여러 가지다. 슬프지 않은데도 눈물이 마냥 흐를 수 있고, 기뻐도 울 수 있고, 스스로 기특하고 대견한 나머지 울 수도 있다. 문제는 객석과의 공명이고 공감이다. 객석과 따로 놀지 않고 아래로 내려가 눈높이를 맞추는 마음으로, 노래가 가슴을 울리며 계속 메아리칠 수 있다면…… 그게 바로 노래가 가진 힘일 것이다.

처음 내가 본 그 관객 아저씨의 사막 같았던 마음이 녹아내린다면, 그 눈물이 수년 만에 처음 흘리는 눈물이라면, 가슴이 다시 청년으로 돌아갈 수 있다면 그처럼 좋은 일이 어디 있을까.

2018년 부산에서 공연할 때 있었던 일이다. 노래 한 곡이 끝나고 다음 노래를 부르기 전에 잠깐 관객에게 이야기를 하던 중이었는데, 그때 할머니 한 분이 무대 앞으로 갑자기 뛰듯이 다가오는 것이었다. 경호원이 막아서려고 하길래 내가 무대 가까이 오시라고 했다. 할머니는 작은 쪽지를 주면서 사인을 요청하셨고 글이 빼곡히 적힌 편지봉투를 건네주고 당신 자리로 돌아가셨다.

나중에 읽어보니 공연 날이 하필 돌아가신 영감님의 제삿날이었다고 한다. 부득이 영감에게 하루 먼저 다녀가시라고 부탁해 제사를 당겨 지내고 겨우 공연에 올 수 있었다는 얘기다. 봉투 안에는 편지와 함께 돈이 들어 있었다. 내게 커피를 사주고 싶어서 금일봉을 전한다고 편지에 써 있었는데 생각보다 액수가 많았다.

이틀 후 출근하여 방송이 시작되기 전에 잠시 시간이 생겨 할머니에게 인사 전화를 드렸다. 어른이 주신 것이니

감사히 받겠다 했고 우리 팀과 맞나게 식사하고 커피까지 즐겼다.

언젠가 대중탕에서 내게 바나나우유를 건네며 "예쁜 사람이라서 사주고 싶었어요" 하신 어느 고운 어르신의 모습이 겹쳐졌다. 얼마나 마음 씀씀이가 고우시면 가족도 아닌 누군가에게 이렇게 무언가를 해주고픈 마음이 생기는 걸까.

공연이 끝난 후 로비에서 관객들과 눈을 마주치며 얘기하고 사인 요청에 응하는 것으로 그날 공연이 잘 되었는지를 알 수 있다. 인천 공연이 끝난 후에는 내 공연을 보기 위해 완도에서부터 하루 종일 걸려 오신 분도 뵈었다. 두 딸과 함께 온 그 분은 공연 잘 봤으니 이젠 내려간다고 인사를 건네는데, 컴컴한 밤에 귀가하시는 길이 걱정되어 조심 또 조심하라고 몇 번이나 반복하며 인사했다.

내 나이 또래의 두 자매가 수줍게 다가와 같이 사진을 찍자고 청하기도 했다. 몇 년 전에 어머니를 모시고 내 공연을 보러 왔었는데, 이제 어머니께서 먼길 떠나셨으니 자매끼리 찍은 사진을 엄마께 보여드릴 거란다. 그런가 하면, 희한하게도 '우리 아이가 좋아해서 왔다'는 초등생 학부모들도 많았다. 〈엄마가 딸에게〉라는 노래를 계기로 젊은이에

게 다가갈 수 있어 보람되고 기뻤다.

특히 요사이 공연에는 아저씨들이 많이 보인다. 남성 지지 기반이 놀랍게도 많이 늘었나? 아니면 아내가 좋아하는 가수의 공연에 동행한 것일까? 근래 들어 제일 고마운 사람들은 인기 프로그램 '히든싱어-양희은 편'에 출연했던 다섯 명의 '희은 싱어즈'들이다. 각자 다른 곳에서 다른 일을 하는 젊음들과 함께 노래할 수 있어서 너무 행복했던 시간이었다.

내 인생에 다시 이런 공연을 할 수 있을까 싶다. 얼굴이 다르듯 제각기 다른 가슴과 사연으로 양희은이란 깃발 아래 모여주신 분들의 소중한 시간에 부끄럽지 않도록 언제나 최선을 다해야겠다.

그분들이 사인을 받거나 눈을 맞추면서 한결같이 건네시는 말씀.

"건강하셔야 해요. 그 노래 계속 듣게 해주세요."

관리라고 해야 고작 혼자 놀고, 혼자 집밥 만들어 내가 내게 먹이는 수준이지만…… 난 그래도 씩씩하게 가슴으로 대답한다.

"넵, 명심 또 명심할게요."

변화에 적응하는 '뜻밖의 만남' 프로젝트

새 노래를 준비하며 마음이 부산했다. 가사를 쓰겠다고 끙끙거리며 시도 때도 없이 일어나 앉아 있었다. 공부는 안 하면서 도서관에 꼬박꼬박 가서 종일 앉아 있는 학생처럼, 당장 머릿속에 떠오르는 구절이 없어도 일단 가만히 앉은 채 멜로디를 듣고 또 듣고를 반복했다. 한번 말머리가 풀리면 쭉 써내려갈 수 있기에 그 순간을 기다리는 것이다. 오래 붙들고 있던 가사보다는 이렇게 한꺼번에 쭉 써내려간 가사가 훨씬 좋았다.

요즘은 아무것도 떠오르는 게 없이 머릿속이 온통 하얗다. 반짝반짝 빛나는 말이 도무지 떠오르지 않는다. 나이로 인해 머릿속 호두알이 줄어드는 걸까?

결국 가사 쓰기를 놓아버리고 포기했는데도(다른 이에게 가사를 부탁했다) 아직까지 잠이 깊게 들지를 못한다. 지금 시각도 3시 반. 매달 마감해야 하는 '여성시대' 원고는 왜 꼭 마감 날 새벽에 쓰는 걸까? 미리미리 준비하는 일이 무에 그리 힘들다고.

그나마 강아지 두 마리 중 미미가 내 옆을 지켜준다. 깊은 밤중에도 덩달아 일어나고, 화장실까지 따라와 나를 지켜주는 미미에게 언제나 고마울 뿐이다.

앨범 작업은 시간과 공이 많이 든다. 멜로디를 받고 되풀이해 들으면서 노랫말을 쓰고, 음의 높이를 정하고, 편곡이 끝난 반주를 이용하여 계속 연습을 거듭한다. 그리고 발매 날짜가 정해지면 그때까지 목소리 컨디션을 조절한다.

내 머릿속은 온통 노래로 꽉 차 있다. 집에 누가 들락거리는 것도 기운을 흐트러트리는 일이라 손님을 맞거나 밥 차리는 일도 피한다. 중요한 시험을 앞두고 기도하는 사람처럼 마음을 단단히 여미고 임한다. 애써 지키지 않으면 일의 뒤끝이 씁쓸해지기 때문이다.

작은 녹음기 앞에서 노래가 완전히 몸에 배고 입에 붙기까지 시간을 들여 한 곡 한 곡 여러 번 연습한다. 시간이 드는 일은 건너뛴다고 되는 일이 아니니 반드시 그만큼 시간을 충분히 써야 한다.

　그 다음은 녹음이다. 소리를 잡고 톤을 조정하는 엔지니어, 매니저, 음반 프로듀서, 사진작가, 홍보 담당하는 두 사람, 작곡가 등이 녹음실 식구의 전부이다. 그 외에는 아무도 들어올 수 없는 공간이다. 만약 누가 멋모르고 응원한답시고 찾아오면 그건 반가운 일이 아니라 마음속 고요한 우물에 돌멩이를 던지는 일이다.

　드디어 앨범 녹음이 다 끝났다. 작사를 남에게 부탁한 것도 잘한 일이었다. 요즘의 나로서는 젊은 감각을 흉내 낼 수도 없다. 그간 썼다가 버린 가사들은 나이 든 티가 너무 난다. 앨범 디자인 작업, 뮤직비디오 제작, 사진 촬영, 인터뷰 등등 나머지 후속 작업들이 많지만 그건 그쪽 동네 전문가에게 맡기고, 이제는 나 혼자 슬슬 노는 기분으로 지내면 될 것 같다. TV 스케줄도 제법 잡혔다.

　인터넷 상에 한 곡씩 디지털 싱글을 발표하는 '뜻밖의 만남' 프로젝트가 이제 아홉 번째를 맞았다. 워낙 낯가림이 심해 늘 작업해왔던 사람들과만 노래를 만들어온 틀을 깨고, 처음으로 후배들에게 손을 내밀었다. 변하는 환경에 맞춰 가기 위한 새로운 시도였다.

　음반을 준비하면서 가장 잘한 일은 후배들의 도움말을

귀 기울여 들었던 일 같다. 작업의 주도권을 온전히 맡기고 마음껏 요리해보라고 했다. 내가 개입하면 곡의 느낌이 새롭지 않기 때문이다.

아홉 번째 곡까지 해왔으니 '변화하려고 노력하는 늙은 가수'라는 인상은 줬겠지 싶다. 다운로드 횟수를 따지면 아직 갈 길이 멀지만 어려운 가운데 한발씩 나아가보는 중이다. 그래도 다행인 건 이 계통 전문가들 사이에서 평판이 좋다는 점. 거대한 소속사에 속한 것도 아니고, 혼자 후배들과 함께 꾸준히 작업한다는 것이 쉬운 일은 아니라는 걸 그네들이 더 잘 알 테니까.

가수는 노래만 좋으면 되지, 무슨 뮤직비디오까지 제작해야 하나 했었는데, 요즘엔 주로 유튜브로 보고 듣는 환경이 되어서 뮤직비디오는 필수라고 한다. 긴 세월 노래하는 동안 세태가 여러 번 바뀌는 걸 겪는다. 요즘 젊은이들의 방식에 어떤 때는 솔직히 멀미가 나기도 하지만, 이렇게 그들의 방식에 가까이 다가서는 건 분명 신선한 경험이며 새로운 기분이 든다. 기운이 닿는 데까지 계속해보고 싶다.

담백한 찌개 같은 노래

요즘 매일매일이 노래 연습이다. 노랫말이 안 써진다고 응석을 부린 게 엊그제 같은데 내 몫은 거의 다 해냈다. 하지만 노래를 입에 붙게 만들어야 하기에 '여성시대' 방송이 끝나면 대개는 집으로 직행한다.

혼자 있으면서 가사 쓰고 반주에 맞춰 연습하는 시간들이 너무너무 좋다. 제대로 살아 있는 느낌이랄까. 잔잔한 행복이 바로 이런 것인가 싶다. 그런데 사람들 앞에 서면 그 잔잔함은 이내 깨진다. 잘 해내야 한다는 부담감에 마음이 편치 않다. 특히 공연이 시작되면 아무도 대신해줄 수 없는 몫을 혼자서 고스란히 감당해야 한다.

무대에 설 때마다 말도 못하게 긴장한다. 아무도 없이

무대에 혼자 있을 때나, 첫 곡 첫 소절을 던질 때면 그렇게 떨릴 수가 없다. 떠나 살다가 한국에 돌아와서 오랜만에 공연 무대에 올랐을 때엔 심장 소리가 마이크를 타고 객석에 전해지는 듯했다.

'내가 왜 여기 있지? 여기서 픽 하고 기절하면 얼마나 편할까!'

만화처럼 픽 하고 쓰러져서 구두 밑창만 보이는 모습을 늘 상상했다. 긴장은 연습을 많이 하거나 마인드 컨트롤을 한다고 없어지는 게 아니었다. 공연보다는 공포와 싸운다는 말이 더 맞을지도 모르겠다.

이 세상 모든 고수들이 초야에 묻혀 있다는 생각이 무대 공포증의 원인인 것 같다. 더 노래를 잘 알고 잘 부르는 이들이 객석에 앉아 있을 것이라고 생각한다. 대개 보면 형제 중에서도 진짜 잘 하는 사람은 나서지 않고, 실력이 그보다 조금 하수인 사람이 세상에 알려지는 것 같다.

어떤 이가 '긴장하는 자세야말로 프로'라고 했단다. 무대를 온전히 즐기고 놀듯이 하는 것이 최고라지만, 긴장을 하지 않으면 일종의 타성이 붙어 객석을 갖고 놀게 된다. 그래, 차라리 두려움으로 떨면서 무대에 서는 편이 훨씬 낫겠다.

예전에는 공연 시작하고 한 시간은 지나야 긴장이 풀렸는데 이제는 20분여쯤 지나면 자연스럽게 흘러간다. 가끔 내 노래에 머리카락이 곤두설 때가 있다. 스스로 위로받는 순간이 그러하다.

그런데 그런 놀라운 경험은 슬프게도 일 년에 한두 번도 안 된다. 우리 연주팀은 희한하게도 그 순간을 기가 막히게 알아챈다. 그럴 때면 그들은 "오늘 최고였어요"라고 격려한다. 나는 아무 말도 안 하고 씩 웃으면서 마음속으로 그런다.

'이것들이 귀신이구나!'

내 생애 마지막 공연을 한다면 기분이 어떨까? 아마 홀가분할 것 같다. 노래는 언제나 넘어야 하는 높은 산이었으니까.

마지막 무대에서 슬프거나, 혹은 지난 세월이 주마등처럼 흘러 지나가거나 하는 일은 없을 것 같다. 사람들은 나에게 가수 생활 51년이 어땠는지 묻지만, 난 그 51년이 '오~~십일 년' 이렇게 길게 느껴지지 않는다. 51년이라 해도 하루하루가 쌓여서 모였으니까. 세월이 얼마 지나지 않은 듯이 감이 잘 오지 않는다. 그냥 휙 지나가고 말았다는 어른들 얘기가 맞는 것 같다.

앞으로 노래할 수 있는 시간이 얼마나 남았을까. 그저 담백한 찌개 같은 살아온 세월이 고스란히 담겨 있는 노래를 할 수 있다면 더 바랄 게 없겠다.

3

어떻게
인생이
쉽기만 할까

가을빛의 굴절을 보며

어떤 날의 일이다. 아침마다 MBC 방송국 앞에서 늘 하던 좌회전인데 갑자기 길의 느낌이 달랐다. 어라, 이상하다 싶었는데 아하, 아침에 드리워지는 나무 그늘이 깊어졌는지 길바닥 아스팔트가 묘한 가을빛을 띠고 있었다.

이 미묘한 변화를 어떻게 설명할까? '빛의 굴절이 만들어내는 꺾임의 거시기(?)'라고밖에는 표현할 길이 없네. 우리도 사람마다 겪는 일이 다르고 사는 모습도 다르듯, 똑같은 빛도 이렇게 관통시키는 각도에 따라 서로 다른 모습이 되어버리는구나. 매일 똑같은 일을 해도 느낌과 깨달음이 그날그날 달라지는 것도 바로 이 탓이구나.

살아온 하루하루가 쌓여 사람마다 꺾이는 각도가 달라

진다. 돌이켜보면 어려서부터 겪지 않아도 좋을 모진 바람을 참 많이도 겪었다. 부모의 이혼, 새엄마의 등장, 아버지의 죽음 등 남들은 쉽게 겪지 않을 어려움이 꼬리를 물고 우리 곁을 찾아왔다.

새엄마 밑에서 지낼 때 주눅 들고 어려웠던 생활은 차라리 많은 일들을 겪은 다음이어서인지 그런대로 견딜 만했다. 그러니 얼마나 마음고생이 심했었는지 남들은 짐작이나 할 수 있을까?

엄마와 새엄마 사이의 협상, 그 후 엄마와 다시 함께 살게 되면서 알게 된 엄마의 병, 빚보증으로 인한 사업 실패, 우리 가족의 유일한 생계수단인 엄마의 양장점이 누전으로 인해 불타버린 것, 무엇 하나 건지지 못한 잿더미와 몰려드는 빚쟁이 그리고 차압, 거리로의 내쫓김……

모진 바람은 그칠 줄을 몰랐다. 매일 긴장과 스트레스에 허덕이면서 어린 시절을 보내야만 했다. '희망에 찬 내일이 과연 있을까? 천문학적인 이 빚을 죽기 전까지 갚을 수나 있을까? 다른 이들도 이렇게 힘들게 사는 걸까?' 문득문득 앞날의 걱정으로 옆을 돌아보면 남들은 염려 없이 다 잘 사는 것처럼 보였다.

그렇게 힘들게 맞이한 서른 살. 예전에는 내 나이 서른

살이면 나름 자리가 잡힐 거라고 기대했었다. 그러나 그 기대 대신 나를 찾아온 것은 다름 아닌 석 달 시한부 선고와 암 투병이었다. 눈도 제대로 뜨지 못한 채 모진 바람을 맞으며 그냥 서 있었을 뿐이었다.

그러다 보니 어느새 세월이 이렇게 많이 지나갔다. 힘든 나를 위해 결혼자금에 보태려고 모아둔 돼지 저금통을 털어버린 친구도 있었고, 진심으로 걱정과 위로와 격려를 보내준 친구도 있었다. 그들이 곁에 있었기에 버티며 쓰러지지 않을 수 있었다.

고백하건대, 별나게 겪은 그 괴로웠던 시간들이 내가 세상을 보는 시선에 보탬을 주면 주었지 빼앗아간 건 없었다. 경험은 누구도 모사할 수 없는 온전히 나만의 것이니까. 따지고 보면 '결핍'이 가장 힘을 주는 에너지였다. 이왕이면 깊게, 남과는 다른 굴절을 만들며 세상을 보고 싶다.

신부님의 이자 놀이

후암동 집에서 산 지 얼마 안 됐을 때였다. 감기몸살 기운으로 일을 못 하고 일찍 집으로 돌아온 어느 날, 낯선 신발들이 현관에 놓여 있었다. 웬 손님인가 하고 들어가니, 한눈에 봐도 드세 보이는 아줌마들이 엄마를 둘러싸고 얘기 중이었다.

분위기가 심상찮아서 인사만 하고 나오는데 그중 제일 뚱뚱하고 얼굴이 거무튀튀한 아줌마가 나를 불러 세우는 것이다. 그러곤 서슬이 퍼렇게 나를 다그쳤다. 엄마에게 얼마 안 되는 빚이 있었는데, 그것이 이자에 이자가 붙어서 눈덩이처럼 불어났다는 얘기다.

기가 막혔다. 폭삭 망하고 길거리로 나앉은 지 불과 얼마나 되었다고 또 빚잔치인가. 어느 정도 갚아간다고 생각했고, 부지런히 돈을 모아 따뜻하게 겨울을 날 만한 집으로 이사하려던 참이었는데…….

속수무책으로 앉아 있는 엄마와 넋이 나간 나에게 빚쟁이 아줌마들은 이제 어떻게 할 거냐며 마구 몰아세웠다. 이 세상 어디로 가서 돈을 구한단 말인가.

그날 밤, 울며불며 악을 쓰면서 엄마에게 대들었다. 어차피 파산 선고하고 빈털터리로 일어나야 하는데 왜 내게 숨기고 결국 일을 이렇게 만들었는지 엄마가 야속하기만 했다. 엄마로서는 딸에게 모든 빚을 떠넘기는 것이 미안했다지만 다시 눈앞이 캄캄해지고, 그렇다고 피해갈 수도 없는 일이었다.

선불로 월급을 받아서 밀린 이자를 갚는다 해도, 당장 먹고사는 생활비며 학교 등록금은 어떻게 해야 한단 말인가. 머리가 지끈거리면서 도무지 방법이 생각나지 않았다.

어쨌거나 해결을 안 할 수도 없었다. 사정을 아는 친구들은 자신의 돼지 저금통을 할복시켜서 몇 년간 모은 동전을 갖다 주기도 했고, 자기 생활비를 주거나 남편 몰래 꿍쳐놓았던 쌈짓돈이라며 선뜻 내어주기도 했다.

이자를 갚고 돌아서면 또다시 이자를 갚아야 하는 날짜

가 어찌 그리도 빨리 돌아오는지…… 돈을 메울 방법을 찾느라 머리는 터질 것만 같았고 정신은 허공에 매달려서 늘 딴생각만 하는 꼴이었다.

방송을 하면서도 이자를 줘야 하는 날짜와 액수를 적어 놓고 걱정이 턱까지 차올라 한숨만 들이쉬고 내쉬었다. 일인들 제대로 되었으랴. 당시 내게 필요한 것은 따뜻한 위로가 아니라 돈이었다. 돈! 그러다 보니 자연히 웃지도 않고 시무룩한 얼굴로 고개를 떨구고 다녔다.

"야, 느이 엄마가 죽었냐, 아버지가 죽었냐. 어째 청승맞은 노래만 부르냐? 좀 신나고 빠른 노래도 불러봐!"

'오비스 캐빈'의 영업 지배인은 걸핏하면 나를 불러 세우고 야단을 쳤다. 사는 게 괴롭고 걱정이 태산인데 어떻게 신이 나서 빠른 노래를 부를 수 있을까? 실제로 무대에서의 레퍼토리는 나도 모르는 사이에 거의 슬픈 노래들로 채워지고 있었다.

어느 날 '오비스 캐빈'으로 나를 만나러 온 친구가 우연히 외국인 신부님들과 합석하게 되었다. 워낙 한국어에 능통한 분들이라 이런저런 얘기 끝에 우리 집안 얘기까지 하게 된 모양이었다.

무대를 끝내고 내려오니 나를 기다리던 그 친구가 이

야기를 꺼냈다. 지난번 자신이 신부님들과 얘기한 내용을 들려줬고 나는 쓸데없이 무슨 그런 얘기를 다 했냐며 화부터 냈다.

그다음 주말. 어느 외국인 신부님이 찾아와 나를 좀 도와주고 싶다 하셨다. 한마디로 거절하는 나에게 신부님은 "언제든 돈이 필요할 때 어려워 말고 연락해요. 미스 양을 돕는 것이 우리의 기쁨이니까. 기다리겠어요"라는 말을 남기고 돌아가셨다.

몇 주가 지났다. 나는 말 그대로 돌아버리기 반보 직전이었다. 더 이상 꾸려나갈 힘도 없었고, 그냥 죽고만 싶었다. 숨 쉴 기운도 없는 내게 친구는 다시 그 신부님 얘기를 꺼냈다. 일단 도움을 받고 갚으면 되지 않겠냐면서. 결국 지푸라기라도 잡는 심정으로 신부님에게 전화를 걸었다. 아직도 나를 도와줄 생각이 변함없으시다면 그 도움을 고맙게 받겠노라고.

약속한 날짜와 시간에 맞춰 신부님을 찾아갔다. 밤무대에서만 뵙다가 대낮에 뵈니까 완전히 다른 분 같았다. 무안하고 수줍어서 어쩔 줄 몰라 하는 내게 신부님은 말씀하셨다.

"이건 내 돈이 아닙니다. 여러 신부들이 모은 거예요. 우

121

리는 이 돈을 무기한으로 미스 양에게 빌려주겠습니다. 언제라도 갚을 만할 때에 갚으면 되고요. 마음 급하게 걱정하실 것 없습니다."

친한 사이도 아니고, 그저 일터에서 만난 단골손님(?)께 큰돈을 신세지려니 송구스럽기 짝이 없었다. 별달리 드릴 말씀도 없어서 인사를 하고 돌아서는데 갑자기 나를 불러 세우시는 거였다. 그리고 이렇게 말씀하셨다.

"잠깐, 미스 양! 우리도 이자를 받아야겠어요."

나는 벼락 맞은 것처럼 놀라서 그 자리에 섰다.

"이자를 받고 싶어요."

신부님은 웃고 있었다.

"첫째, 미스 양의 웃음입니다. 이젠 웃을 수 있겠지요? 돈 때문에 그렇게 어두운 얼굴이었다면 돈을 갚은 후에는 웃을 수 있는 것 아니에요? 그리고 또 한 가지, 이다음에 어른이 되어 지금의 미스 양 같은 처지의 젊은이를 만나면 스스럼없이 도와줄 수 있기를 바랍니다. 이 두 가지가 우리가 받으려는 이자예요."

나는 웃었다. 눈물이 핑 돈 채로.

그러고 보니 당장 그 순간부터 이자를 갚아 나가는 셈이 되었다. 나는 서서히 웃게 되었다. 심지어 울어야 될 때도 웃는 사람이 되었다. 돈으로 때우는 일이라면 차라리 쉬운데, 세상에는 돈 갖고도 때울 수 없는 일이 많다. 바로 이런 신부님의 이자놀이 같은 웃음 말이다.

도움이 필요한 사람에게 서슴없이 도움을 주는 사람이 되라는 말씀도 비교적 지키며 살아온 것 같다. 내 눈에 띄고 내 손이 닿는 한 그렇게 살아보려 했다. 가끔 막냇동생은 그런 나를 신랄하게 꼬집는다.

"언니 주변에 왜 그렇게 친구들이 많은 줄 알아? 호구라서 그래. 그저 불쌍하게만 보이면 언니는 간까지 다 빼준다니까!"

맞다. 나는 보상도 없는 일이지만 이곳저곳 참견해서 도와주기를 좋아한다. 신부님의 '이자놀이'의 두 가지 부탁은 어쩌면 돌비에 새겨진 십계명보다도 내 마음에 더 깊이 새겨진 것 같다. 나는 그날 신부님의 사무실에서 웃고 나오면서 죽는 날까지 이자를 갚겠다고 굳은 결심을 했었으니까.

20년 지나 미국에 살 때 그 신부님으로부터 전화가 걸려왔다. 우리 집에서 40여 분 거리에 있는 누이 집에서 휴가를 보내는 중이라 하셨다. 보고 싶으니 혹시 나올 수 있겠느냐고 물으셔서 열일을 제쳐놓고 달려갔다.

이미 칠십 고개를 바라보는 그분은 양쪽 귀에 보청기

를 꽂고 계셨지만 여전히 건강하셨다. 40년 가까이 살던 대한민국을 떠나 홍콩을 거쳐 다시 미국으로 오셨고, 은퇴 준비를 위해 재교육을 신청했다고 하셨다. 당신의 나라는 미국 아닌 한국이라고 얘기하시는 노신부님과의 시간 속에서, 20년 전 신부님의 사무실에서 나누었던 대화를 다시 되새겼다.

만난 지 한 달 반 후 신부님의 편지를 받았다. 〈아침 이슬〉 20주년 기념으로 만든 〈1991/양희은〉에 실린 노래들이 좋더라는 글과, 서북쪽 해안에서 새로운 노년을 시작하기 위해 공부 프로그램을 시작했다는 등의 긴 편지였다.

아참, 신부님께 원금 갚은 얘기를 안 했네.

그날 신부님이 주신 돈으로 빚쟁이 아줌마들을 다 불러 모았다. 그리고 엄마가 썼던 각서를 차례로 받아내고 빚을 깨끗이 청산했다. 이자 없는 돈이 더 무섭다고, 신부님이 주신 무이자 무기한의 돈은 내게 제법 큰 부담으로 남아 있었다.

빚을 다 갚고 석 달 후, 처음으로 계약이란 걸 했다. 신기하게도 킹레코드사에서 받은 계약금은 신부님께 빌린 돈과 딱 맞아떨어지는 액수였다. 결국 내 목소리를 저당 잡혀 석 달 만에 신부님들이 빌려주셨던 원금을 되갚은 것

이다. 하지만 신부님의 이자놀이는 원금을 갚은 후에도 계
속되는 엄청난 의무였다. 아마도 세상에서 가장 비싼 이자
일 것이다.

서른이 되고 싶었다

노래를 시작한 열아홉 때부터 나는 빨리 서른이 되고 싶었다. 서른 넘은 선배들은 "왜, 서른 지나면 뾰족한 수가 있다니? 우릴 봐라. 뭐 그렇고 그래. 서른 돼봐야 별 볼 일 없단다" 하면서 웃었다. 막연한 추측이지만 서른 살만 되면 확실히 무게중심을 잡고 설 수 있을 것만 같았다.

서른이 되기 직전에 떠난 1년 3개월가량의 여행은 다시 없는 축복이었다. 많은 것을 둘러보고 느낄 수 있었음이 축복이 아니라, 모든 걸 훌훌 털고서 이제껏 등 돌린 서른 살까지의 세월을 멀리서 한번 돌아볼 수 있었다는 의미로서의 축복이다.

떠나고 나서야 비로소 '떠남'을 생각했다. 진즉 그 자리에 그대로 있으면서 선선한 거리를 두고 살았다면 그것 역시 '떠남'과 다르지 않았을 텐데…… 굳이 이렇게 짐 꾸려 떠날 일은 아니었다. 처음 선 자리에 계속 버티고 서 있는 한 그루 큰 나무이고 싶었다. 하지만 내겐 뿌리조차 없었으니…….

그렇게 지도 하나에 의지해 여행을 다녔다. 아무리 남들이 못 본 것들을 많이 보고 느끼고 남달리 겪음이 많았어도 결국 자기 살아온 만큼만 보일 뿐이었다. 식구들이 있는 내 집에 돌아가야 한다는 건 당연했고 연고도 없는 낯선 땅 어디서건 머물러 살고 싶지는 않았다.

1982년 여름, 긴 여행 끝에 드디어 집에 돌아왔다.

희경인 둘째 아이를 임신 중이었다. 어느 날 정기검진을 받는다기에 바래다주려고 길을 나섰다. 병원에 도착하여 돌아서려는데 희경이가 한마디했다.

"언니, 경희 언니 안 보고 갈래? 인사라도 하고 가."

경희 언니는 당시 서울대병원의 가정보건 상담실장이었다. 희경이가 던진 이 한마디로 인해 그날 뚱뚱한 내 뱃집의 내용이 밝혀지게 될 줄 누가 알았을까?

"어머, 살 많이 빠졌네. 여행은 좋았구? 얘, 그런데 그 뱃집은 여전하구나."

내 뱃집은 워낙 유명했다.

"언니, 배가 얼마나 딱딱하다구요. 딴 데는 살이 다 빠져도 뱃살은 안 빠지던데요."

경희 언니는 어디 한번 만져보자고 했고, 나는 괜찮다고 손사래를 쳤다. 실랑이 끝에 진찰을 하니 근육종양이라는 진단이 나왔다. 엄청난 크기의 근종. 경희 언니는 오진이길 바란다면서 유능한 의사 한 분을 소개해주셨다. 열일을 제쳐놓고 그 길로 달려가 진찰받으니 역시 같은 결론이었다.

"이렇게 무식할 수 있는 거예요? 자기 몸에 대해서 어쩜 이럴 수 있어요? 이걸 좀 봐요."

그 의사는 큰 책을 내밀어 보였다. 온통 혹투성이의 사진만 가득한 책이었다.

"작은 수술이 아니겠는데요."

수혈량도 엄청날 터이니 대학병원에서 하면 좋겠다는 제안이었다.

참, 우스웠다. 제 배 속에 무엇이 들었는지도 모르고 살아온 주제라니! 병은 자랑하랬다고, 아는 언니께 그간의 진찰 내용을 얘기했더니 뉴욕 암센터에 계시다가 얼마 전에 귀국하신 목정은 박사님을 소개해주셨다. 그래서 찾아간 세 번째 진찰 역시 똑같은 결과였다.

"근종이군요. 이 정도 크기면 이십 킬로그램은 족히 나가겠는데."

맙소사. 다이어트가 무슨 소용이냐? 20킬로그램을 그냥 덜어내게 생겼는데…….

사실 귀국 전 한 달가량은 배 속이 영 불편했다. 배도 안 고프고, 무얼 먹고 나면 얹힌 듯 소화가 안 되고, 도무지 먹는다는 일이 성가셨다. 잠도 제대로 못 잘 정도로 몸이 불편했었다. 그래서 한국으로 돌아갈 걱정에다가, 긴 객지 생활에 지쳐서 신경이 곤두설 대로 섰나 보다, 그렇게만 생각했었다.

소화를 못 시키니까 계속 죽만 쑤어먹었다. 그날 오후 정밀검사를 해보니 근종이 아닌 물혹으로 밝혀졌다.

"수술해야죠. 한데 의료보험이 없어요."

가수협회에선 가을이나 되어야 의료보험을 내준다고 했다. 윤형주 선배가 백방으로 뛰어다녀 보험 카드를 건네주었고, 드디어 수술 날짜가 잡혔다.

수술실로 실려 오니 내 눈에는 천장의 큰 조명이 들어왔다.

"수고들 하세요. 마지막으로 한 곡조 뽑을까요?"

"무슨 소리야, 마지막이라니……."

"사람 일 어떻게 알아요?"

그리고 기억에 없는 몇 시간이 흘렀을 것이다.

"나 안 죽었어요? 살았어요?"

"네, 살았어요. 양희은 씨, 이거 보여요? 양희은 씨 배 속에서 자른 거예요."

큰 비닐 주머니 속에는 무슨 핏빛 덩어리들이 가득했다. 나는 회복실에서 병실로 옮겨졌다. 무언가 말을 하려는데 혀가 자꾸 말려들어 갔다.

"희은 씨, 희은 씨, 정신 차려요. 나 누군지 알아요?"

수술팀 중에 초등학교 동창이 있었다. 병실에서 누군가가 자꾸 따귀를 때리며 소릴 질러댔다.

"알지 그럼……. 우장상 아니야?"

어렸을 때 청소를 잘 안 한다고 총채로 그 아일 갈겨준 적이 있었다. 내 의식이 명확히 돌아오지 않으니 동창 녀석인 우장상은 정신없이 내 뺨을 때렸다.

"얘가 어렸을 때 나한테 맞았던 복수를 하나?"

24시간이 조금 지나고 나서 일어나 걸음마를 시작했다. 열이 계속 났다. 사흘째 되던 날은 난생처음 몸과 정신이 분리되는 것을 경험했다. 정신은 맑게 동동 떠오르는데 몸은 납덩이처럼 가라앉았다. 간호 중이던 둘째를 깨웠다.

"희경아, 나 아무래도 갈 것 같애."

희경이는 내 말을 듣고 놀라서 둘째 아이를 배고 있던 무거운 몸을 날렵하게 날려 간호사실로 달려갔다.

수술한 지 아흐레째.

찬물로 머리를 감고 퇴원 준비를 했다. 누워 있는 동안 제일 하고 싶었던 일이 머리 감는 일이었다. 환자인 내가 오히려 문병 온 친구를 휠체어에 태우고 산부인과 병동 끝에서 끝까지 열심히 걸었다. 어느 사이엔가 병원 복도를 수십 바퀴씩 걷게 되었다.

뱃가죽을 열고 속에 있는 내용을 죄다 꺼내고, 자를 것 자른 후, 다시 집어넣고 꿰매는데도 모든 장기는 스스로 자리를 찾는단다. 얼마나 놀라운 솜씨인가. 사람의 몸은 얼마나 신비한 소우주인가.

퇴원하는 날, 목 선생님은 둘이 할 얘기가 있다면서 내 병이 암이라는 걸 알려주셨다. 함께 싸워야 한다면서 항암 주사를 권하셨지만 나는 거절했다. 목 선생님은 내가 가수라서 상식적인 수술이 아닌 어려운 수술을 감행하셨다. 상식적인 수술이란 병변이 있는 부분에서 반경 얼마까지를 몽땅 도려내는 일반적인 수술법이라고 한다. 하지만 나의 경우는 그렇게 하지 않았다. 의사로서는 번거롭고 거추장스러운 수술이었다고 하셨다.

난소를 다 없애면 우선 목소리가 변한다고 하셨다. 환자가 병들기 전에 했던 생업을 계속할 수 있게 하고, 또 결혼을 안 한 사람이니까 언제라도 좋은 사람 만나서 아이도 낳을 수 있도록 배려를 했다는 점을 얘기해주셨다. 나중에 다시 수술을 하는 한이 있더라도 일단은 병든 부분만 잘라냈고 다른 곳은 아주 건강하다고 말씀하셨다. 그리고 보태길, 여태껏 의사 생활하면서 나처럼 말 안 듣고 속 썩이는 환자는 처음 봤다고.

나는 가방을 싸놓고 간호사와 의사들이 모여 기다리는 방으로 가서 퇴원 축하공연을 했다. 굳이 노래하라기에 다 죽어가는 소리로 잠꼬대처럼 희미하게 불렀다. 배에 힘을 줄 수가 없어서 시원찮은 노래였지만, 병원 식구들은 격려의 박수를 쳐주었다.

석 달 시한부 인생이었던 나에 대한 응원이었을까. 이후 한 걸음 한 걸음 겨우 떼며 허리를 펴고 기운을 추슬렀고, 기력을 되찾아 라디오도 다시 시작했다. 그로부터 8년 뒤, 1989년에 두 번째 수술을 겪고도 지금까지 살아 있다.

이렇게 칠십까지 살아서 이러쿵저러쿵할 줄 몰랐다. 어떤 나이든 간에 죽음 앞에서는 모두 절정이라 치면, 그래,

지금이 내 삶의 절정이고 꽃이다. 인생의 꽃이 다 피고 또 지고 난 후라 더 이상 꽃구경은 없는 줄 알았다. 그런데 생각을 바꾸니 지금이 가장 찬란한 때구나.

감춰진 상처 하나씩은 다 갖고 있는

우리 집 앞 동물병원에 피골이 상접한 개가 119 구조대에 실려 왔다. 그 개를 간신히 살려 놓았다며 누가 데려다 잘 기르면 좋겠다고 수의사가 말했다. 그놈에겐 눈물 없이는 들을 수 없는 사연이 있었다.

중소기업주였던 개 주인이 부도를 맞게 되어 살던 집이 없어지게 되었고 마당에서 기르던 콜리 종의 강아지와 13평 정도 되는 아파트를 간신히 얻어서 살게 되었다. 맘 편히 키우던 이전 집과는 달리 좁은 아파트에서 키우다보니 행여 이웃에게 들키면 못 기르게 할까 봐 가두어놓고 없는 듯 쉬쉬하며 살았단다.

먹고살기 힘든 와중에 사료 값도 떨어진 지 오래되어서,

굶주리는 개가 불쌍했던 주인은 먹다 만 찬밥 덩어리를 주었다. 한데 굶주렸던 그놈이 허겁지겁 삼키려다 그만 밥덩이가 목에 걸리고 말았다. 갑자기 일어난 일인 데다 그 개가 눈이 뒤집어지고 숨을 못 쉬는 바람에 119까지 불러서 겨우 동물병원에 왔다는 것이다.

개 주인은 수의사에게 사료를 실컷 먹일 수 있는 집에나 갔으면 좋겠노라며 영돌이란 이름을 알려주고 울먹이며 돌아갔단다. 마침 개를 기른다면 콜리가 좋겠다던 조카 승현이가 매일 동물병원으로 찾아가서 개와 낯을 익히기 십여 일 만에 영돌이는 희경이네로 왔다.

어린 날 TV에서 보았던 '명견 래시'나 '용감한 린티'에 나온 개를 콜리로 알고 있다면, 똑같은 콜리인데 어쩜 저리 미안하고 송구스러운 얼굴일까 싶게 영돌이는 겸손의 극치, 주눅의 극치를 얼굴에 담고 있었다(개를 많이 기르다 보면 얼굴에서 성질도 읽힌다).

영돌이는 먹이를 가득 주어도 이걸 먹어야 하나 어쩌나 한참 뜸을 들이다가 지적지적 먹으면서 시원찮게 회복되었다. 그간 너무 굶주려서 위가 줄었다고 했다. 계단을 무서워해서 늘 안고 계단을 오르내려야 했다. 덩치가 커서 소변도 한번 보면 작은 시내를 이룰 정도인데, 아파트에 갇혀

지내던 버릇인지 산책 중에는 절대 볼일을 안 보고 꼭 집에 들어와서야 일을 봤다.

산책 반경이 커지면서 드디어 동네 뒷산까지 오르던 날, 영돌이는 너무 좋아서 흥분하더니 갑자기 네 다리가 풀리면서 쓰러졌다. 그놈을 들쳐 업고 병원에 가니 의사는 간질인가 보다며, 콧잔등과 네 발끝을 주삿바늘로 찔러 피를 내었다. 그러자 영돌이는 살아났다(개도 사람처럼 말초신경을 찔러 피를 내면 산단다). 내친김에 정밀검사를 하니까 한쪽 귀와 눈이 멀었다며 그래서 계단을 두려워하는가 보다고 했다.

그러던 어느 날 아주 심각한 발작이 있었다. 일어나려고 안간힘을 쓰다가 여러 번 넘어지면서 머리를 쿵쿵 계단 모서리 등에 받치고 말았다. 우리는 사지를 주무르면서 "영돌아, 영돌아!" 부르며 안쓰러워할 수밖엔 없었다. 그러던 중 남편이 목줄을 풀어주다가 "이게 뭐야?" 하면서 손으로 무언가를 만지작거렸다. 영돌이의 목에서 목걸이를 잡아낸 것이다. 얼마나 꽉 조였는지 풀기도 힘든 그것은 아기 때 매어준 개벼룩 방지용 목걸이였다.

세상에…… 이런 걸 매고 죽지 않은 게 용했다. 긴 털에 가려져 여러 번 목욕을 시키면서도 몰랐다. 혈관을 있는 대로 조이던 어린 날의 목걸이를 벗겨주니 비로소 살 만해졌는지 영돌이는 하루가 다르게 인물이 나면서 잘 자랐다.

나는 영돌이의 멋진 긴 털에 가리어져 아무도 몰랐던 그 목걸이를 보면서, 내 삶에도 틀림없이 저렇게 중요한 부분을 옥죄고 있는 편견, 열등감, 자격지심이 있으리라 생각했다. 우리는 누구나 가슴속에 상처 입은 어린아이를 품고 살지 않는가?

나는 어린 시절의 상처를 치유하지 못했다. 마음속 깊이 그대로 있다. 스스럼없이 내 속의 어린아이를 만나 위로하고 화해할 수 있을까?

어쩌면 끝내 철이 안 드는 것도 좋은 일인 것 같다. 어린 시절부터 솔직한 표현을 하지 못하고 욕구를 억제하면 겉으로는 멀쩡해 보이지만, 눌렸던 용수철이 반동으로 더 튕겨져 올라오는 것처럼 어느 날 갑자기 걷잡을 수 없는 반란을 일으킬 수도 있다. 작은 일부터 표현을 하는 연습을 하고 어린아이처럼 자신을 자주 드러내는 게 정신 건강에는 좋을 것이다.

난 누구와 있을 때 제일 편한가…… 곰곰이 생각해보니 생긴 그대로 있을 수 있는 관계가 제일 편안한 사이 같다. 스스럼없이 마음속 어린아이를 다 보일 수 있는 사람과 함께 상처를 서로 들여다보며 토닥여주는, 상처를 훈장처럼 자랑할 수 있는 시간을 보내고 싶다.

어렸을 땐 흉터 하나만 갖고도 친구와 종일 얘기 나누며 놀 수 있었는데, 어른이 되면서 모든 상처를 영돌이처럼 멋진 털로 그럴듯하게 가리고 아픔이나 상처는 보이지 않도록 조심하며 산다. 자신의 아픈 부분을 더 깊숙이 조여서 영돌이처럼 버둥대며 뻗을 때도 있다.

털어내면 아무것도 아닌 상처, 비슷한 아픔 앞에 서면 차라리 가벼울 수도 있는데…… 상처는 내보이면 더 이상 아픔이 아니다. 또 비슷한 상처들끼리는 서로 껴안아줄 수 있으니까, 얘기 끝에 서로의 상처를 상쇄시킬 수도 있다. 같은 값을 지워나가듯 그렇게 상처도 아문다.

왜 상처는 훈장이 되지 못하는 걸까? 살면서 뜻하지 않게 겪었던 아픔들을 수치스러워하지 않았으면 좋겠다. 도대체 어떻게 아무런 흉도 없이 어른이 될 수 있을까? '사람은 제 겪은 만큼'이란 말이 있다.

나는 내가 가진 상처 덕분에 남의 상처를 알아볼 수 있다. 그러한 눈과 마음이 있는 게 꼭 나쁘지만은 않은 것 같다.

국화꽃을 산다는 것은

하늘이 드높게 갠 맑은 가을날이었다.

서른아홉의 나이로 세상을 떠난 내 아버지의 장례식. 열세 살짜리 나는 상주였다. 딸아이 셋 중에서 장녀였으니까. 가회동 언덕 아래에서 기다리고 있던 장의차에 올라 나는 아버지의 관 옆 상주 자리에 앉았다. 가회동 사람들이 죄 나와 구경을 하고 있었는데, 무엇보다도 나는 입고 있던 상복이 어색하고 창피했다. 게다가 이마에 올린, 새끼줄로 동인 삼베 천 조각들이 성가시기만 했다.

몇 대의 버스가 나란히 서울을 벗어나 부천 어느 야산 밑에 정차했고, 거칠고 낮은 산 언덕을 따라 관을 멘 행렬이 영차영차 올라갔다. 부평 시내가 한눈에 들어오는 양지

바른 자리가 아버지의 마지막 장소였다. 당장 내일부터 어떤 일이 생길지 아득하기만 했다. 아버지는 땅에 묻히고 우리는 푸른 하늘 아래 서 있다는 것이 어떤 무게인지 도무지 알 수가 없었다.

닷새 동안의 장례를 치르면서, 자다가도 일어나 수도 없이 절을 했기 때문인지 다리도 휘청거리고 머리는 멍한 채 배만 고팠다. 마지막 떼를 입힌 후에야 준비해 간 도시락을 먹을 수 있었다.

아무래도 그날 국화 냄새에 체한 것 같았다. 아버지의 관을 가득 덮었던 노란 국화, 흰 국화, 까만 리본, 흰 리본이 머릿속에 사진처럼 박혀서 지워지지 않았다.

누군가 뒤에서 숙덕거렸다.

"어이구, 저 어린것들 셋만 쪼르르 남겨놓고 가다니. 애들이 배가 고팠나 보구먼. 저것들이 무슨 잘못이 있나? 며칠 큰일 치르느라 지치기도 했겠지. 애들은 즈이 엄마가 데려간대?"

"몰라, 쉬잇, 조용히 해요. 들을라."

나는 도시락 하나를 꾸역꾸역 다 먹었다. 구름이 가볍게 흘러가는 맑은 가을 하늘 아래, 흰 차양 밑 돗자리 위에 구부리고 앉아서.

학생 시절, 해마다 가을이면 덕수궁에서는 국화 전시회가 열렸다. 학교 친구들은 구경 가자고 했지만 나는 한 번도 가질 않았다. 텔레비전 뉴스에도 국화 향내가 덕수궁에 가득하다느니, 가을꽃 하면 역시 국화라느니, 올해도 얼마나 많은 사람들이 다녀갔다느니, 옛날에는 말린 국화로 베갯속을 대신했다느니 떠들어댔다. 하지만 나는 아버지의 관 위에 가득했던 노란 국화, 흰 국화와 더불어 까만 리본을 지울 수가 없었다.

사람들이 보내온 국화 화환과 아버지의 죽음은 '국화=죽음'이라는 등식으로 굳어져 있었다. 졸업식 때면 으레 교문 앞의 꽃장수 아주머니들이 노란 국화, 흰 국화, 빨간 카네이션을 동백잎사귀와 섞어서 꽃다발을 만들어 파는데, 그걸 보기만 해도 질색이었다. 한 번 호되게 체했던 음식처럼 국화만 보면 속이 울렁거렸다.

아버지 장례식의 국화는 사람이 평생 자기 집에 들여놓을 만큼보다도 더 많아 보였다. 아버지의 죽음과 국화는 그 뒤에 이어진 생활의 고달픔과 등식이었다. 그래서 국화는 내게 고달픔이기도 했다.

가끔 누군가가 내 노래에 대한 답례로 흰 국화나 노란 국화가 섞인 꽃다발을 건네주면 안 보는 틈에 잽싸게 쓰레

기통에 던져 넣었다. 전혀 미안함도 없이……. 마음은 받고 꽃만 버린 것이니까.

그랬던 내가 얼마 전에 국화를 샀다.

아침 일찍 장을 보고 꽃집 앞을 지나는데 국화가 눈에 들어왔다. 흰색, 노란색, 보라색 등 갖가지 작은 꽃망울이 예뻐 보였다. 두 묶음을 사서 꽂아 부엌 창가에 한 다발, 식탁에 한 다발씩 두었다.

국화를 사다니? 내가 다 놀랐다. 세월이 그만큼 많이도 지났구나 싶었다.

더는 서러워하지 않겠다

'아버지'와 '철들 무렵', 이 두 가지 글제로 '여성시대'에서 신춘 편지쇼를 진행한 적이 있다. 아버지를 주제로 한 얘기들은 하나같이 명랑하지도, 웃음을 주지도 못했다. 처절함 속에서의 용서와 화해, 그리움과 후회가 뒤섞인 가슴 시린 사연들이었다. 아버지와의 따뜻한 기억은 아주 드물었던 것이다.

도대체 왜 이 땅의 아버지들은 사랑 표현에 그리도 미숙하였던 것일까! 일가를 이룬 가장이라면 그럴 수는 없는, 그렇게 해서는 안 될 사연을 읽으면서 그런 아들들을 키워낸 이 땅의 숱한 증조, 고조부모들까지 원망스러웠다.

좋은 버릇이 많으면 좋은 사람, 나쁜 버릇이 많으면 나쁜 사람이다. 학교가 아니더라도 농사를 지으며, 장사를 하며, 사람을 대하며, 짐승을 먹이며, 삶이 가르쳐주는 모든 것을 심지 깊게 품고 사는 아버지들이 많다면, 이 땅의 수천만 아들딸들이 인생의 바다에서 모진 비바람을 맞을 때 길을 잃지 않도록 비춰주는 등댓불이 되었을 텐데…… 사연을 읽는 내내 아쉽기만 했다.

나는 아버지가 돌아가실 때의 나이인 서른아홉을 넘어서야 비로소 아버지와 화해를 했다. 마흔 고개를 넘으면서 서른아홉 살의 남자들이 얼마나 철이 없는지를 알았다. 여러 번의 시행착오와 미숙한 사랑과 잘못된 판단을 할 수도 있는 나이임을 알게 되었다. 내 나이 마흔을 넘어서.

'아버지도 이북에 모든 걸 다 두고 혼자 왔잖아. 새엄마는 이북 여자였으니까 거기서 서로 통하는 게 있었겠지. 그럴 수 있겠다' 하고 이해하기로 했다. 더 이상 아버지가 원망스럽거나 밉지 않았다.

지난 콘서트의 마지막 날이 아버지의 54주기 되는 날이었다. 내가 작사한 〈아버지〉라는 노래는 많은 이들을 울렸다. 돌아가신 아버지가 제일 좋아하시던 〈화이트 크리스마스〉란 노래는 겨울 공연 때마다 부르고 싶었지만 목이 메어 노래를 망칠까 봐 끝내 부르지 못했다.

사실 우리 나이면 다 늙은 고아가 된다. 진즉에 떠난 부모님도 계시고 지금 부모 봉양에 고단한 분들도 계실 것이다. 나는 열세 살 때부터 돌아가신 아버지를 마음속에 품고 살았다. 가장인 자기 몫을 대신 짊어진 어린 딸 뒤에서, 보이진 않지만 지켜주시리라는 막연한 믿음이 늘 있었다.

　아버지의 빈자리를 더는 서러워하지 않기로 했다. 어차피 내 몸의 반은 아버지가 주셨으니까. 사는 동안 늘 함께 사는 거라고, 나름대로 화해를 했고 원망과 미움의 시간에 마침표를 찍었다.

　어린 날 쏟아주신 사랑과 관심이 고맙기만 하다. 맏딸인 나를 보는 각별한 눈빛 덕분에 숱한 주눅과 후들거림을 뚫고 당당하게 세상을 대할 용기를 가지게 되었으니까.

응급실에서 만난 사람들

부엌에서 손을 꽤 많이 베었다. 응급실 입구에 두어 시간 앉았노라니 쓰러져 의식 없는 어르신, 아픈 아이, 다친 아이, 아이의 조부모와 부모, 어르신의 자제분들, 부지런히 환자를 실어 나르는 119 대원들, 온갖 사람들이 드나든다.

응급차를 따라온 식구들이 늙은 자기 부모님의 상태를 의사에게 설명하는 모습을 보노라면, 말 뒤에 숨겨진 무심하고 귀찮은 듯한 태도 등에서 어떤 암호들을 알게 된다. 이런 모습들을 관찰하고 혼자 소설을 쓰면서 시간 가는 줄 몰랐다.

내 순서가 되어 처치실로 들어가 마취를 한 후 열 바늘을 꿰매는데, 다친 곳의 각도가 치료하기 어렵다기에 손 위치를 이리저리 바꾸며 꿰매기 좋게 해드렸다.

담당 여의사 말이, 한번은 어느 새댁이 부엌일을 하다가 다쳐서 왔더란다. 그 환자는 결혼 후 첫 명절 스트레스가 너무나 힘들다면서 차라리 깁스를 해줄 수 없냐더란다. 그럴 필요까지는 없었는데 환자의 말대로 깁스를 해주었다고 해서 둘이 깔깔 웃었다.

응급실의 옆자리에 있던 한 초등학생과도 얘길 나누었다. 그 아이는 초록빛 불이 깜박일 때 자전거를 타고 횡단보도를 건넜는데, 하얀 외제차가 코너를 돌아 나오면서 자기를 치었다는 것이다.

"다리만 다친 게 얼마나 다행인지 몰라요. 자칫했으면 갈비뼈와 심장을 다칠 뻔했으니 말이에요."

어찌나 말을 잘하던지 사고 당시 상황이 그림 보듯 펼쳐졌다. 그러면서 자신은 횡단보도 건너기가 너무 무섭다며 어쩌면 좋으냐고 걱정하였다. 그래서 내 얘길 해주었다.

1978년도에 대관령 넘어 내리막길에서 버스가 전복된 사고! 신문에도 크게 났다. 대학생 친구들을 챙기다 보니 내가 제일 많이 다쳤는데도 괜찮다 생각하고 집에 와서 자고 일어났는데, 등판에 굵은 장작을 꽂은 것처럼 감각이 이상해서 두어 달 병원 신세를 졌다고. 그때 목뼈와 허리를 다쳤는데, 퇴원 후에 횡단보도 앞에서 버스가 달려오니 무서워서 못 건너고 또 못 건너고…… 그렇게 30여 분쯤 가슴 졸이며 서 있다가 한적해져서야 보도블록을 내려와 겨우 한 발을 뗄 수 있었다고.

"시간이 좀 걸릴 거야. 그렇지만 걱정하지 마. 잘 이겨내고 씩씩하게 횡단보도 건너다닐 수 있을 거야. 그런 일 당하면 누구라도 무섭고 걱정되지만 두려움은 조금씩 사라진단다."

아이는 알겠노라 씩씩하게 대답했다.

마지막 계란빵 고객

12월은 소극장 콘서트로 보내곤 했다. 매일매일이 수능을 치르는 고3 같다고 해도 과장된 말이 아니다. 남들처럼 연말에 한 해를 조용히 되돌아보는 한갓진 시간이 내겐 없었다. 컨디션 조절이 제일 중요하니까 감기에 걸리지 않도록 긴장해서는, 지나치지도 모자라지도 않게 몸의 리듬을 깍쟁이처럼 관리했다.

내게 주어진 알뜰한 시간은 역시 새벽이다. 일찍 일어나 샤워하고 머리 말리고 소금 양치하고(미지근한 물에 소금을 타서 코로 마시고 입으로 뿜는 양치질인데 이 방법을 모두에게 권하고 싶다) 출근하면 생방송까지 두어 시간이 남아 있다. 조간신문 몇 가지와 오늘 배달할 편지 읽고, 차 한잔 하면서 멍하니 잠시 쉰다. 사연에 담긴 기쁨과 슬픔, 아픔과 치유, 눈물과 웃음이 내게도 전염되어 와 마음이 가볍지가 않다.

견디기 힘든 거센 파도를 혼자 온몸으로 막아내고 있는 사람들! 둘러보면 부모 형제부터 친구들까지 심간 편안하고 걱정이 없는 집은 드물다. 그럭저럭 견딜 만하다는 사람도 없다. 다들 힘들게 숨 가쁘게 인생의 고개를 넘어가고 있다. 이 고개를 넘으면 편안하고 아늑한 공터가 나올지도 모른다고 생각하며.

잠시 숲도 보고 새소리도 듣고 숲의 냄새도 깊이 들여마시는 쉬는 시간이 주어질까.

동숭아트센터 소극장 앞 왼쪽 귀퉁이엔 계란빵 장수 부부가 있었다. 몇 년 동안 계속 그 동네에서 겨울 콘서트를 했으니까 꼭 겨울이면 뵈었다. 힘들다면서도 꼭 한 개씩 덤을 주셨다. 갓 구워낸 계란빵 속엔 계란이 한 개씩 들어 있는데, 종이봉투를 안으면 따끈따끈해서 기분이 좋아진다.

IMF와 동시에 거리 장사를 시작하셨단다. 반죽을 받아다 파니까 원재료비가 비싸서 연구 끝에 직접 반죽을 만들어 나오신다는데, 귀한 느낌의 맛이 너무 정성스러웠다.

저녁 공연 끝내면 밤 10시, 그 부부의 퇴근 시간도 우리와 같았다. 트럭의 두 면을 셔터 내리듯 철문으로 닫는데 파장 무렵 이미 시동 걸어 히터를 틀어놓은 조수석에선 아줌마가 힘없이 기대어 졸고 계셨다. 옛말에 잠도 기운이 있어야 잔다고, 그 아줌마의 주무시는 얼굴을 보면 삶의 고단함이 읽혀 짠해졌다.

공연 끝내고 먹는 참이 별미인지라 일찍 닫지 마시고 기다려 달랬더니 우리 연주팀과 내가 극장 밖으로 나올 때까지 기다려주셨다. 그럼 우린 몇 봉지씩 계란빵을 사서 나눠 들고 각자 귀가.

재고로 남은 빵 처리해 드리기! 그것이 내가 계란빵 아줌마 아저씨께 해드릴 수 있는 전부였다.

사연을 읽는 이유

비디오테이프를 빌려 보던 시절, 비디오 가게에 가면 나는 늘 코미디물 쪽에서 서성거렸다. 심각한 심리전, 전쟁, 스릴과 서스펜스, 잔인무도한 비디오물의 홍수 속에서 웃음과 더불어 잔잔한 감동이 있는 따뜻한 영화를 찾아내는 일이 쉽지는 않다. 한참 헤매다가 아동물 쪽의 만화영화에서 한두 편 건지면 기분이 좋아진다.

어릴 때부터 감염? 전염? 혹은 감정이입이라 해야 하나…… 아무튼 신체적으로나 감정적으로나 상대방으로부터 무언가 옮는 일이 많았다. 두드러기 난 친구를 보면 갑자기 스멀거리고 가려워지면서 두드러기가 났다. 누가 넘어져서 피가 흐르거나 상처가 깊은 것을 보면 영락없이 그 자리가 욱신거리며 못 견뎠다.

　그러니까 슬프고, 죽고, 아프고, 헤어지고, 저주하고, 서슬이 퍼런 이야기는 아예 보지도 않고 고개를 돌린다. 찐한 이야기일수록 잔상이 길고 헤어나려면 며칠 허우적거려야 된다. 그러니 로맨틱 코미디, 만화, 해피엔딩인 작품을 찾게 된다.

　하지만 '여성시대'에서 만난 편지는 어쩔 수 없다. 힘겨운 사연의 무게만큼 가슴에도 징건하니 얹힌다. 주말을 끼고 닷새 동안 반복해서 읽으면서 겁내던 대로 그만 사연에 감정이입이 되고 만다. 방송도, 노래도 싫고, 넋 놓고 앉아 흐르는 강물을 보며 한강 둔치에서 종일 가만히 있고 싶었다.

　사연의 깊이만큼 축 가라앉은 목소리로 글을 읽고 나면, '이 사연을 읽는다고 그 사람의 인생이 뭐가 달라져? 내가 뭘 할 수 있지? 빚을 져서 굶주리고 있는데 이 사연이 밥이 되길 해? 돈이 되길 해? 이 일이 무슨 의미가 있을까?' 자괴감이 들었다.

　사연이 방송된다고 실질적으로 당사자의 현실에 무슨 변화가 생길까 회의적이기도 했다.

　하지만 어느 날 깨달았다. 마음이 너무 망가져서 자기

속 이야기를 끄집어내지도 못하고 글로도 쓰지 못하는 누군가가 자신과 비슷한 사연을 방송으로 들을 때 조금은 자기 객관화를 시킬 수 있지 않을까. 영화 보듯 거리를 두고 자기 인생을 보게 되는 것. 그러고 나면 어디엔가 도움을 청하는 등등의 단호한 결단을 내릴 수 있다.

용기 내어 뛰쳐나오는 결단을 내린 다른 편지를 보면서 '아 어쩌면 이게 답이구나' 하고 깨달았다. 자기 사연을 남의 목소리로 들으면서 객관화가 되고, 비슷한 처지의 누군가가 그 얘길 들으면서 공감하며 응원해주는 것을 경험한다.

이렇듯 보이지 않는 파장이 서로를 연대시키며 거대한 어깨동무를 만들어낸다. 그것이 세상을 묶어주는 띠가 되어 기댈 곳 없는 마음을 잡아주기도 한다.

나로서는 상상할 수 없는 고통을 겪고 있는 사람들의 사연이 참으로 많다. 어떤 때는 그렇게 사람을 벼랑 끝까지 몰아붙인 상황에 화가 나 울컥울컥한다. 답답함에 이런저런 얘기를 마구 덧붙이고 싶기도 하다.

그러나 섣부른 위로보다 그 사람의 얘기를 잘 듣고 '그래서 아팠구나, 나라도 그랬겠다' 하고 공감할 뿐이다. 겪어보지 못한 일을 두고 어떻게 판단하거나 조언할 수 있을까.

어떤 사연은 차마 말 건네기가 더 어려워 음악으로 답변을 대신하기도 한다. 한 사람의 인생 무게에 비하면 말은 너무 가볍기 때문이다.

위로라는 말은 좀 버겁다. 가끔 누군가의 위로가 필요한 내가 누구를 위로할 수 있을까. 어쩌다 내 노래에 위로받았다는 분들을 뵌다. 아마 슬픈 노래를 내가 많이 부르기 때문일 것이다. 슬플 때 더 슬픈 노래를 들어야 위로를 받는달까?

고단한 짐을 지고 살아가는 모든 이들에게 내 노래가 지친 어깨 위에 얹어지는 따뜻한 손바닥만큼의 무게, 딱 그만큼의 위로라면 좋겠다. 토닥여줄 줄도 잘 모르지만, "나도 그거 알아" 하며 내려앉는 손. 그런 손 무게만큼의 노래이고 싶다.

스물일곱에 멈춘 내 나이

며칠 전 여든셋으로 작고하신 어느 어르신의 장례식에 갔었다. 세상에, 환하게 웃는 영정사진이 그렇게 예뻤다. 한동안 사진을 보고 있는 나에게 그분의 따님이 말했다.

"어머님께서 늙고 쭈그러진 영정 사진은 싫으시다고 글쎄 젊었을 때 사진으로 마련하라고 하셔서요."

영정사진 속에 웃는 모습은 삼십대 후반쯤 되었을까? 참으로 고혹적인 젊은 엄마의 모습이었다. 자신의 가장 아름다운 모습으로 기억되고 싶다 하셨는데 그 말이 일리가 있다.

바람처럼 스쳐 지나는 한평생, 기력이 쇠한 모습이나 나이 든 모습을 영정사진으로 할 필요가 있을까. 육신의 옷을 벗어놓고 가는 길, 돌아볼 때 가장 찬란하고 아름다운 웃음으로 마지막 인사를 받는 것도 기분 좋은 일일 것이다.

얼마 전 근 삼십여 년 만에 여고 동창을 만났는데 다들 그런다.

"넌 어쩜 그리도 안 변했니? 그대로구나. 하나도 안 변했어. 정말이야."

정말 30년이라는 세월의 흔적이 없을 정도로 변함없이 살고 있는가? 천만에! 만만에! 우리의 겉모습을 본다면 세상에 그런 거짓말이 어디 있을까 싶다.

동창회에 가면 모두 다 비슷비슷한 인사를 나눈다. 그래서 결론은, 어린 날의 친구들 사이에서는 겉모습이 문제가 안 된다는 점, 어쩌면 속사람은 그대로이기에 하나도 안 변했다며 반가워한다는 사실이다. 속사람은 겉사람처럼 나이 먹은 흔적이 없다. 그냥, 어느 나이에선가 꽃으로 머물러 있을지도 모른다.

"당신의 마음속 나이는 몇 살인가요?" 하고 누군가 묻는다면 나는 스물일곱 살이라고 답하겠다. 스물일곱. 10대 후반부터 고단했던 만큼 나는 지친 사람 속을 잘 알아보고 가끔 세상이 장기판의 졸장기만 해보여 시건방도 떨었었다.

스물일곱 살이었던 1978년, 늦깎이 졸업하고 《거치른 들판에 푸르른 솔잎처럼》을 발매하면서는 아무런 계획도 없었다. 인생의 목표가 대학 졸업이었는데 그것마저 끝냈다는 허탈함이었는지 그후 살아낼 기운도 별로 없었다. 나는 지금 어디에 서 있나? 어디를 향하고 있는 걸까? 이상하게 별로 살고 싶지도 않았다. 인생의 막을 내리고 싶을 만큼 속상한 일도 없는데 지구라는 별에서 그만 하산하고 싶었다.

그런데 까마귀 날자 배 떨어진다고 했던가. 그런 방정맞은 생각을 한 지 얼마 되지 않아 내가 탄 버스가 전복되었다. 조수석에 앉았던 나는 사고를 예감했다. 버스 기사가 브레이크를 밟아도 내리막길에서 가속이 붙어 계속 미끄러졌다. 그 잠깐의 순간이 너무나 생생하다. '어어' 하는 짧은 순간 '나는 이렇게 끝나는구나' 이 한 가지 생각뿐이었다. 엄마나 동생들도 모두 생각 밖이었다는 점이 놀라웠다.

버스가 뒤집힐 때 몸무게 전체를 얼굴로 받으며 떨어지는 바람에 얼굴 한쪽은 팅팅 부어오르고 눈 가장자리도 멍이 들었다. 얻어터진 분장을 할 때 왜 눈두덩이를 시퍼렇게 그리는지도 알게 되었다. 목뼈도 삐고 허리도 다쳤지만 그 덕에 병원에서 신선놀음을 할 수 있었다. 1년 365일 꼼짝없이 붙잡혀 있던 생방송 일도 동생 희경이의 대타로 편히 쉴 수 있었다.

어쩌면 그렇게 잠만 자낼 수 있었는지? 낮이면 문병 오는 친구들 맞이하고, 저녁 때면 다들 돌아가니까 혼자 멀뚱거리며 병실에 있어야 했다. 창밖으로 어두운 거리를 내려다보며 정신없이 달려온 시간을 되돌아보게 되었다. 무언가 거머쥔 줄 알았는데 빈주먹뿐이라는 걸 깨달았다. 단단히 잘못된 것 같았다.

곧 서른인데 어느 결엔가 적당히 타협하고 알려진 얼굴로 특혜를 즐기고도 있었다. 어느새 비웃어 왔던 바로 그런 어른이 되어 자기변명을 하면서, 눈두덩이의 시퍼런 멍과는 비교할 수 없이 마음의 병이 들었다는 걸 알았다. 도대체 내가 무엇을 원하는지 알 수 없었고, 스스로 역겹고 성에 차지 않았다.

추스르고 싶었다. 아무도 도와줄 수 없겠지. 가장 사랑하는 사람의 병 시중을 들듯 내가 나를 위하고 기분전환과 아울러 몸과 마음의 섭생도 필요할 거라 계획을 세웠다.

우선 노래를 집어치우자고 생각했다. 누구보다 내 자신에게 부끄러웠으니까. 노래 품을 판 후부터 콧노래를 잃어버렸다. 집에 돌아오면 TV 소리가 귀에 거슬렸고 음악도 듣기 싫었다. 노래가 일이 되기 전에는 어디서나 즐겁게 노래를 했었는데……. 이미 노래는 '나 좋자고' 부르는 게 아니었으며 '남 좋자고' 부르는 것 또한 아니었다. 그냥 먹고 사는 일일 뿐이었다. 그래서 나는 정든 '오비스 캐빈'을 떠났다. 남들이 두세 군데씩 일할 때도 나는 그 일터 한 곳만 지켜왔었는데…….

퇴원하면서 라디오 방송일도 한 가지만 남기고 모두 정리했다. 병든 마음엔 무엇이 약이 될까? 참선을 해볼까? 때마침 친구 어머님의 권유로 참선 공부를 시작하게 되었다. 마음을 비우고 철저하게 자기반성을 하는 일! 사람이 소원을 세우면 3일 기도를 드린단다. 그래도 안 되면 7일, 21일, 또는 49일, 백 일, 더 넘어 천 일까지!

스물일곱 살부터 천일 기도를 작정하고 달력을 넘기기 시작했다. 매일 밤이면 촛불 앞에서 가부좌를 틀고 참선을 했다. 덕분에 마음은 고요했다. 그 길을 통해서 마음의 중심을 잡고 제대로 살 수 있기를 바랐다.

교통사고 덕에 일을 정리하고 나를 돌아보게 되었다. 지치고 병든 마음을 다독거리면서 스물일곱의 나는 어렴풋이나마 나를 알아가고 있었다. 내 영정사진은 아무래도 스물일곱 살 때 찍은 사진으로 해야겠다. 고민이 많았던 그때, 내 마음속 나이도 멈춘 것 같다.

남편에게 '마음 나이'가 몇이냐고 물었더니 자기는 열일곱이란다. 나보다 더 철딱서니다.

바람처럼 스쳐 지나는 한평생, 기력이 쇠한 모습이나 나이 든 모습을 영정사진으로 할 필요가 있을까. 육신의 옷을 벗어놓고 가는 길, 돌아볼 때 가장 찬란하고 아름다운 웃음으로 마지막 인사를 받는 것도 기분 좋은 일일 것이다.

파도 앞에 서 있다면

"너무 힘든데 어떻게 살아야 할까요?"

가끔 나에게 이렇게 묻는 이들이 있다. 덮쳐오는 파도를 온몸으로 맞고 선 이에게 어떤 말을 해줄 수 있을까……. 힘들어도 버티고 나면 또 보이는 게 있으니까. 하지만 어떤 때는 포기하지 말라는 말이 설득력 없다는 걸 안다.

살면서 힘든 날이 없기를 바랄 수는 없다. 어떻게 쉽기만 할까? 인생길 다 구불구불하고, 파도가 밀려오고 집채보다 큰 해일이 덮치고, 그 후 거짓말 같은 햇살과 고요가 찾아오고 그러는 거 아니겠나. 도망간다고 도망가질까. 내 힘으로 어쩌지 못해도 시간의 힘으로 버티는 거다.

세상엔 내 힘으로 도저히 해결 못 하는 일도 있지 않은가.

그럴 땐 완전히 밑바닥까지 내려가 하늘을 볼 일이다. 도리가 없다. 희망도 없고, 나아질 기미가 통 보이질 않아도 버티고 살아남아야 한다.

스스로 딛고 일어나기 힘들다면 자신을 붙잡아줄 누군가의 손을 꼭 잡길 바란다. 내 편을 들어줄 한 사람만 있어도 살 힘이 생긴다. 곁에서 고개 끄덕이며 얘기를 들어줄 사람, 오래 알고 지낸 사람이 아니어도 된다. 길 가다 모르는 할머니가 건네는 웃음, 사탕 하나에도 '살아 봐야겠다'는 마음이 생기는 것이 인생이리라. 넘어졌을 때 챙겨주는 작은 손길에도 어두운 감정들은 금세 사라진다.

미련한 성격 탓에 맞서오는 파도를 피할 줄도 모르고 온몸으로 맞고 선 때도 있었다. 돌이켜보면 그래도 그래도 인생은 살아볼 만하다.

어떻게 인생이 쉽기만 할까?

과거의 나에게

과거의 나를 만난다면 이렇게 얘기해주고 싶다.

너 하고 싶은 것도 좀 하면서 살아.

다 참고 접으면서, 동생들, 엄마 생각으로 집안 일으킨
다고 기쓰고 살지 말고.

하고픈 것 한 가지쯤은 해.

일에 미쳐서만 살지 말고. 일이 너의 구원이냐? 그러다
간 언젠가 일이 네 머리채를 낚아챈다. 일에 끌려 다닌다
고! 알아들어?

입고픈 옷도 사라.

맨날 아는 언니네 형부 옷들 물려받지만 말고(나는 서른이

되어서야 내 옷을 처음 사 봤으니까).

걷는 것 좋아하니 걷기 여행을 많이 해 봐.

자전거 못 타는 게 평생 콤플렉스니까 제대로 배워서 국토 횡단, 종단 다 해보자.

이상 끝!

4

좋아하는 걸 하고,
좋아하는
사람을 두고

축복 같은 한낮

오랜만에 동창 모임이 있었다. 만두전골을 먹고 떠들던 우리는 이대로 헤어지기엔 못내 아쉬웠다. 수다 한 보따리씩 짊어지고 차 한잔을 더 하기 위해 한 친구의 집으로 향했다.

그 친구는 학교 다닐 적의 귀여운 모습은 그대로인데, 풍치를 앓고 있는 터라 웃을 때마다 편히 웃지를 못하고 스스로 먼저 입을 닫아버린다. 게다가 유난히 까만 얼굴을 보고 있노라면 '농사를 짓나? 아니면 속이 엄청 썩어서 얼굴빛이 저리 바뀌었나?' 하며 의아해했다.

친구는 꼬방동네의 진수를 보여주겠다며 산동네 꼭대기로 우리를 끌고갔다. 친구네 집 대문 옆에는 직접 만든 우편함이 있었다. 거기에 나란히 써 있는 부부의 이름이 예사롭지가 않았다. 문 앞의 백구 한 마리가 컹컹 짖는다. 계단을 오른 우리 모두의 입에선 탄성이 나왔다. 세상에!

석류, 살구, 앵두, 복숭아, 대추, 밤, 사과, 배나무뿐만 아니라, 족두리꽃, 매발톱, 애기똥풀, 돗나물 등 갖가지 색의 꽃잔디와 원추리가 흐드러지게 피어 있었다. 마당은 평평했고, 16평과 11평짜리 집이 두 채. 집 뒤의 산까지 다 자기네 땅이란다. 자그마한 집 앞에는 공구대가 놓여 있었는데 하나같이 길이 잘 들어 반들반들 손때가 묻어 있었다.

우린 그 집 마당 의자에 앉거나 바위에 걸터앉아 커피를 마셨다. 풀과 나무를 가꾸는 일은 고된 일인데 이렇게 가꾸기까지 얼마나 공을 들였을까, 얼마나 많은 일을 했을까 감탄할 수밖에 없었다.

커피를 담은 찻잔도 하나하나 귀엽고 예뻤다. 어디서 이렇게 예쁜 잔을 구했느냐고 물었다.

"내가 그릇을 좋아하잖아. 그리고 난 혼자서도 잘 논다. 얼마나 놀 게 많은데."

"어떻게 노니? 구체적으로 가르쳐줘. 구체적으로!"

"풀 뽑는 것도 나에겐 노는 거야. 그 외에도 여러 화랑마다 돌아다니며 슬슬 구경도 하고…… 예쁜 그릇 좋아하니까 이천에도 가고, 덕수궁이랑 경복궁에도 가고…… 암튼 노는 건 내가 참 잘해."

나는 친구가 몹시 부러웠다. 일 때문에 시간을 내 것처럼 쓰지 못하는 나는 좋아하는 일을 하면서 자유롭게 시간을 보내는 친구의 자유로움이 부러웠던 것이다.

열한 명의 친구 중 또 어떤 아이는 우리 꽃 이름만 200여 가지를 알고 있단다. 평소에 꽃을 워낙 좋아해 자꾸 찾아보게 되니 자연스럽게 익혔단다. 풀과 나무에 대해선 아무튼 박사가 되어버린 친구다.

여덟 살 위의 선배 언니는 석류나무를 보더니, 어렸을 적 아버지의 석류나무를 떠올리며 추억의 나무라 불렀다. 선배가 말하길 석류는 꼭 땅에 묻어줘야 자란다기에 내가 "그럼 석류 주변에 흙을 동산처럼 쌓아서 묻어야 해요?" 하고 물었더니, 석류나무 옆에 골을 파서 눕히고 흙으로 덮었다가 이른 봄에 다시 꺼내어 심는다고 설명해주었다.

친구네는 길이 생기기 전에 먼저 이 집터에 자리를 잡았다. 쓰레기 하치장이었던 집터를 치우고 닦으며, 양손 가득 잔디를 짊어지고 와서 심으며 모든 것을 새로이 만들었단다. 아름다운 뜰 안에 앉아 있으니 눈 돌리는 곳마다 모두 북한산 자락이다. 진달래와 개나리는 희미하게 분홍과

노랑으로 꽃 그림자가 남아 있었다.

나는 집에 가서 해야 할 일이 있음에도 그 마당을 떠나기 싫었다. 함께 한 친구들 모두 어린 날들을 떠올리며 자기 집 뜨락으로 추억 여행을 떠난 듯했다. 뭐라 말할 수 없는 행복을 그 친구의 뜰 안에서 맛볼 수 있었다.

학교도 가기 전 옛날로 돌아간 나는 마루에 앉아 보던 우리 집 안마당 풍경을 떠올렸다. 채송화, 봉숭아, 과꽃이 핀 꽃밭과 안마당에 쏟아지던 햇살, 우물과 장독대, 느티나무 그늘에 가득했던 매미 소리…….

참으로 축복 같은 한낮이었다.

그때의 새벽 대중탕

주말이면 어김없이 큰 대중탕을 찾는다. 목욕하러 대중탕에 가는 일은 내게 큰 즐거움이다. 우리 동네 목욕탕은 시원시원한 크기에다 깨끗하게 관리되고, 여탕이 1층에 있어 양명하다. 게다가 실내온도도 쾌적하여 탕 바깥의 온도와 안쪽의 온도가 별 차이가 없어서 더 마음에 든다.

북적이지만 크게 시끄럽지도 않은 그곳에서 웃으며 인사하는 분위기도 사뭇 정겹다. 따끈한 탕 안에 앉아 있으면 이게 행복이지 행복이 뭐 별건가 싶다. 언제부턴가 날이 썰렁해지면 빼놓을 수 없는 나의 외출 코스가 되었다.

내가 대중탕을 애용하기 시작한 시기는 여의도 MBC 시절부터였다. 그때는 아침 6시 40분경 집을 나서서 둔치나 여의도공원을 돌며 산책하다가 63빌딩 앞 시범아파트 단지에 있는 대중탕을 찾아갔다. 그곳에서 여의도에서 장사하는 많은 여장부들을 만났다. 세상 돌아가는 얘기부터, 아들 장가보낼 걱정, 시시콜콜한 일상 얘기까지, 말 중간에 서로 참견도 하며 아침 시간을 화기애애하게 보냈다.

어떤 분은 이런 질문을 한다.

"티비를 보니 '시골밥상'에선 이것저것 맛나게 드시던데 정말로 맛이 있나요? 아니면 맛없어도 촬영이니까 맛있는 척하는 건가요?"

그러면 나는 "워낙 무슨 척을 못 해요. 정말 맛있어서 맛있게 먹는 거죠" 한다.

벌거벗고 있는데도 반갑다고 몸을 찰싹찰싹 때리며 "아~ 그렇게 뚱뚱하지도 않은데, 텔레비전에선 왜 그렇게 뚱뚱하게 나오는 거야" 하며 인사도 한다. 반갑다는 건 알지만 몸이 물에 젖은 데다 손까지 매우면 제법 아프다. 예전의 물볼기가 이랬겠구나 싶을 정도다. "한번 당해 보셔" 하고 나도 같이 찰싹찰싹 때려본다.

MBC가 상암동으로 이전하면서 단골이었던 그 대중탕과도 이별했다. 그때의 다정다감한 분위기가 그리워 비슷한 대중탕을 찾아도 보았지만, 다시는 그 분위기를 경험할 수 없을 것 같아 마음을 접었다. 새벽 목욕이 버릇이 되어 다른 시간대의 목욕은 왠지 께름직하다.

지방 공연이 잦을 때는 일주일에 두세 도시를 오가야 했다. 용인, 인천, 가평, 홍천, 원주, 청도, 안동, 당진, 익산, 이천 등 전국을 다녔다. KTX나 비행기를 이용해서 편하게 갈 수 있는 지역이면 좋지만, 그렇지 않은 곳은 만만치 않은 왕복 이동거리를 견뎌야 했다. 그럴 때면 자동차 안에서 허리와 고관절, 무릎 등이 참으로 불편했다.

공연을 마치고 밤늦게 집에 오면 새벽에 참을 수 없이 몸이 뻐근해서 목욕탕을 찾았다. 목욕을 마치고 나가는 길에 카운터에 계신 분이나 구두 닦는 아저씨의 인사는 늘 똑같았다.

"아니, 벌써 가세요?"

"그럼요. 25분이면 충분해요."

탕 안에 오랫동안 있는 목욕은 맞지 않아 항상 나는 간단히 끝낸다. 가벼운 목욕이지만 상쾌한 기분은 하루 종일 계속되니 그만 아닌가.

집밥의 정체

음악 방송을 준비하는 가수들의 대기실에 가면 테이블 위에 끼니를 때우기 위한 음식이 놓여 있다. 준비된 음식 중 가장 흔한 것이 바로 '김떡순'이다. 글자 그대로 김밥, 떡볶이, 순대를 말하는데, 시간에 쫓기니까 매니저가 재빨리 사와서 틈새 시간에 잽싸게 먹을 수 있기 때문이다.

후배 아이돌 가수들과 방송을 함께 하면서 그들의 사정을 듣게 되었다. 하루에 두세 시간 정도 쪽잠을 자고 스케줄은 예닐곱 개 정도 잡혀 있단다. 식사는 보통 한 끼, 잘 먹는 날엔 두 끼를 먹는단다. 그것도 대기 중이나 이동 중에 차 안에서 김밥이나 햄버거 등으로 때우기 일쑤란다.

"집밥을 못 먹은 지가 6개월이 넘었어요. 엄마가 끓여주는 된장찌개가 너무 먹고 싶어요."

이렇게 말하면서 곧바로 무대에 오르던 후배의 말이 귀에 남았다.

결국 후배들을 집으로 초대했다. 콩나물밥에 버섯찌개, 해물파전 그리고 토종닭에 전복과 낙지를 넣어 삼계탕을 끓였다. 건더기를 먹고 남은 진국에 콩가루를 넣고 만든 칼국수를 끓였고 마지막에는 밥과 잘게 썬 양파와 홍당무를 넣고, 김과 계란, 참기름까지 넣어서 죽을 만들었다.

모두 집밥 한 번을 먹지 못하고 주어진 스케줄 따라 바쁘게 뛰는 나날을 살고 있었다. 맛있게 먹는 아이들을 보니 안쓰럽고도 슬프게 여겨졌다.

외식을 할 때마다 깨닫는 것은 아무리 배부르게 먹었어도 서너 시간이 지나면 배가 쑥 꺼진다는 사실이다. 사 먹는다는 게 그런 건가 싶다.

종일 제대로 된 식사를 못 한 채 바깥일을 보고 귀가한다고 뭐 특별한 별식이 기다리는 것도 아니다. 무엇이든 직접 만들어야 반찬이 되고 국이든 찌개든 되니 말이다. 피곤한 날 자주 해먹는 건 열무김치 비빔밥이다. 달걀 프라이하나 보태기도 하는, 그야말로 소찬이다. 하지만 희한하게도 이렇게 먹은 밥은 대여섯 시간이 지나도 쉽게 배 속에서 꺼지질 않는다.

우린 대체 무얼 먹고 사는 걸까?

소고기를 넉넉하게 사 먹었는데도 금세 배가 꺼지고, 김치에 비벼 먹었는데도 배 속이 오래도록 든든한 이유를 어떻게 설명할 수 있을까?

결국 우리는 어떤 '기운'을 먹는 게 아닐까. 눈에 보이지 않는 그 무엇! 집밥 속 엄마의 정성이나 사랑 같은, 보이지 않는 마음을 먹는 걸까?

응원이나 격려나 사랑 등 멋진 말이 아니라도 좋다. 식구가 맛있게 잘 먹고, 집밥이 피가 되고 살이 되기를 바라는 마음…… 내 남편, 내 아내, 우리 아이 먹이려고 만드는 그 마음…… 음식에 담긴 그 마음을 먹으면 몸 안에서 피가 되고 살이 되어서 험한 세상을 살아갈 에너지도 되고, 눈에 안 보이는 것들을 더 귀하게 여기게도 된다.

집밥을 못 얻어먹는 후배들 보면 딱하고 속상하다. 나는 집에서 따뜻한 밥을 잘 챙겨 먹는다. 아침마다 속이 편안한 반찬 위주로 남편 도시락을 싸고 점심을 못 먹을 만큼 일정이 바쁜 날은 내 도시락도 챙긴다. 길 모퉁이에 차를 세우고 바깥 풍경을 보며 소풍 나왔다고 생각하며 도시락을 까먹는다.

그 밥이 주는 기운으로 번잡했던 마음과 피로가 싹 사라진다.

집밥의 기운으로 오늘 하루도 잘 살았다.

냉면 같은 사람

여러 반찬으로 상이 가득한 것도 좋지만, 두어 가지로 차려진 단순한 밥상이 압권일 때가 있다. 이것으로 충분하다는 자부심이 느껴지는 밥상 말이다.

친구 어머니로부터 저녁 식사에 초대받아 간 적이 있다. 친구 어머니는 김이 모락모락 나는 밥상을 차려주셨는데 정성스럽게 끓인 곰국과 김치, 굴비 한 마리가 놓여 있었다. 밥상에 올린 딱 그 세 가지의 음식이 얼마나 맛있었는지 나는 계속 감탄하며 먹었다. 단순하지만 자신 있는 밥상차림! 정성을 다한 그 맛을 평생 잊을 수가 없다.

그런가 하면 또 두고두고 생각나는 밥상이 있다. 이화여대 고 김옥길 총장님의 공관에서 먹었던 평양냉면이다.

나 또한 아버지가 평안도 분이라 냉면에 대해서는 꽤 안다고 자부했는데, 그날 그 댁 냉면을 맛보고 깜짝 놀라고 말았다. 냉면에 고명이 하나도 없었기 때문이다. 수육, 오이, 배, 달걀 반 개, 백김치가 함께 올려지는 게 보통인데, 그 댁 냉면은 오로지 면과 국물이었지만 그렇게 강렬한 맛은 처음이었다.

맛있게 먹고 난 후 궁금증을 참지 못하고 냉면의 비결을 여쭤보았다. 일단은 면을 뽑는 기계를 갖춰야 하고, 며칠 전부터 동치미를 담그고 메밀을 빻아서 면을 직접 내려야 된단다. 우리가 흔히 아는 고명을 올리지 않고, 오직 냉면의 기본인 육수와 면으로 입을 다물게 하는 맛! 얘기 끝!

그 강렬했던 냉면을 먹고 돌아오면서 이런 생각을 했다. 정말 자신이 있으면 고명과 장식이 다 필요 없구나. 다 쓸데없는 얘기구나!

사람도 냉면과 똑같다는 생각이다. 냉면도 먹어 봐야 맛을 알듯, 사람도 세월을 같이 보내며 더 깊이 알아가게 된다. 꾸밈없고 기본이 탄탄한 담백한 냉면 같은 사람이 분명 있다. 자기를 있는 그대로 보여주는 솔직한 사람, 어떤 경우에도 음색을 변조하지 않는 사람, 그런 심지 깊은 아름다운 사람.

늘 담백한 냉면 같은 사람이 되기를 꿈꾸지만 그렇게 되기가 쉽지는 않다. 함께 살아갈 친구들도 냉면처럼 단순하게 꾸려가고 싶다. 이 사람 저 사람 필요 없이 나를 알아주고, 마음 붙이고 살 수 있는 누군가가 있다면 한 명이라도 좋다. 고명 하나 없는 냉면처럼 나의 일상도 군더더기는 털어내고 담백하고 필수적인 요점에만 집중하고 싶다.

꾸밈없고 기본이 탄탄한 담백한 냉면 같은 사람이 분명 있다. 자기를 있는 그대로 보여주는 솔직한 사람, 어떤 경우에도 음색을 변조하지 않는 사람, 그런 심지 깊은 아름다운 사람.

쌜리를 처음 만난 날

무더위가 기승을 부리고 틈틈이 비가 오락가락하는 가운데 7월이 끝났다. 어느새 여름도 끝물이다. 올 7월은 아기 고양이 한 마리가 얘깃거리를 몰고 오면서 시작됐다.

가물어 목마르던 날들이었는데 밤부터 드디어 반가운 비가 쏟아지기 시작했다. 밤새 내린 비는 아침이 되어서도 그치지 않았다. 출근하러 문밖을 나서는데 어디선가 애처로운 고양이 울음소리가 들려왔다. 건넛집 자동차 밑, 비에 젖은 새끼 고양이가 울고 있었다.

주위에 어미는 없는 듯해서 살살 다가가 말을 걸었더니 구석진 곳으로 더 깊이 숨는 모습에 마음이 애처로웠다. 얼굴 생김새는 제법 똘똘해 보였다. 한동안 바라보다가 동네 길냥이들에게 더 이상 마음 쓰지 않기로……. 지금까지로 충분하다고 생각하고 서둘러 출근길에 올랐다.

한데 오후에 집에 돌아왔더니, 세상에! 고 작은 놈이 우리 집 마당에 찾아 들어와 있는 것이다. 급한 김에 참치 통조림 하나를 꺼냈다. 먹기 쉽게 으깨어서 그릇에 담아 내어 주었더니 어찌나 맛있게 먹던지.

그 모습을 지켜보다가 갑자기 우리 집에 몇 년째 터 잡고 사는 고양이 '까미'가 이 아이를 과연 받아줄지 궁금했다.

까미로 말할 것 같으면, 몇 번이나 새끼를 낳았는데 전혀 돌보지 않았다. 배불렀다 꺼지면 어느새 딸린 새끼 없이 혼자만 다니곤 했다. 참치를 맛나게 먹고 있는 새끼 고양이를 보며, 까미가 텃새를 부리며 이 아이를 쫓아내면 그건 어쩔 수 없겠다 생각했다.

잠시 후 놀라운 광경을 보았다. 세상에나! 까미가 곁에 다가오자 마치 엄마로 생각하는지 새끼 고양이가 까미의 품 안으로 파고드는 것이 아닌가. 더 놀라운 것은 당연히 밀쳐낼 거라 예상했던 까미도 하악질 한 번 없이 가만히 있기에 신통방통할 따름이었다.

아기 고양이라 여문 음식은 아직 못 먹겠지 했는데 까미 그릇의 건사료를 아그작아그작 소리를 내며 맛나게 먹는 것도 신기했다. 어쨌든 우리 마당에서 잘 지낸다면 먹이를 주는 것까지는 하겠노라 생각했다.

새끼는 살려는 의지가 꽤나 강해 보였다. 하루가 다르게 살이 오르고, 까미를 따라 뛰어다니며 장난치는 모습이 마치 미니 사파리를 보는 것 같았다.

그러던 어느 날 밥그릇에 먹이가 그대로 있길래 저녁 설거지 후 살펴보니, 애가 영 맛이 가버렸다. 감기가 심하게 걸린 듯 숨소리도 거칠고 콧물도 맺혀 있었다. 단골 병원이 문 닫은 후인 밤 8시, 수소문 끝에 24시간 운영하는 동물병원을 겨우 찾아갔다. 진료를 받고 입원을 시킨 후 사흘이 지나 좋아졌다는 연락을 받았다. 퇴원하면서 인정사정없이 비싼 병원비를 치러야만 했다.

그런데 퇴원 후 다시 고양이는 시름시름 앓기 시작했다. 입원시켰던 병원의 눈탱이 맞은 비용에 빈정 상해서 24년째 단골인 동물병원에 다시 입원을 시켰다. 고양이가 왜 아팠는지 친절한 설명도 물론 들을 수 있었다.

새끼는 어미가 품어줘야 체온 조절이 되는데, 혼자서 추운 밤을 지내면 체온 조절이 안 되어 죽는 경우가 많단다. 이런저런 검사를 하고, 귓속에서 발견된 진드기 수십 마리도 떼어냈다. 가득 찬 귀지도 파내고, 처방과 처치를 끝내고서야 사흘 만에 다시 퇴원했다. 새끼는 고양이용 큰 우리와 배변 모래까지 한 짐 가득 짊어지고 제대로 우리 집에 이사왔다. 허나, 천식 소리는 쉬이 낫질 않았다.

지난 주말에는 조카 손주들이 놀러와 고양이를 보고 예쁘다며 '쌜리'라는 이름을 지어주었다. 쌜리는 코가 꽉 막힌 호흡 소리를 여전히 내고 있지만 다행히 장난도 치면서 활발히 놀았다. 우리 밖으로 내놓으니 여기저기를 뛰어다니며 신이 났다. 신통하게도 정해진 딱 그 자리에 변을 본다.

쌜리 덕에 고양이에 대해 더 배우게 되었다. 어미가 처음부터 포기한 채 버리고 간 새끼는 살아도 결국엔 죽는단다. 하지만 어미를 따라가다가 도중에 놓쳐버린 경우엔 그래도 산다는 얘기다. 고양이는 터를 잡고 살며, 자기 자식이 아니더라도 공동육아하듯 다른 새끼를 내치지 않고 돌봐준다는 사실도 알게 되었다.

어느 날 우리 집에 놀러온 양희경의 후배 배우가 쌜리를 보고 너무나 예뻐했는데, 집에 가서도 계속 쌜리 모습이 눈에 밟힌다기에 결국 그 배우가 입양하기로 결정되었다. 그 전까지 우리 집에서 쌜리에게 약을 더 먹이고 바이러스성 기관지염 비슷한 이 병을 하루속히 깨끗이 낫게 만들 것이다. 그렇게 건강해진 몸으로 입양시킬 예정이다.

고양이에 별 관심을 안 가졌던 내가 고양이 이야기를 이렇게 한가득 써내려갈 줄 몰랐다. 짐작컨대 쎌리는 까미를 제 어미라고 착각하고 우리 집으로 찾아온 것 같다. 까미의 형제 중에 까미와 똑같이 생긴 놈이 옆집에 터를 잡고 있어 가끔 마주치는데, 그럴 때마다 까미인 줄 알 정도이다. 아마도 쎌리 역시 자기 어미와 까미를 혼동하지 않았을까?

여하튼 생명에 관여한다는 것에는 책임과 의무가 따르기에 함부로 손을 내미는 것이 좋은 것만은 아니다. 하지만 불쌍하고 여린 생명을 보고 모른 척할 수도 없으니, 이래저래 난감하다.

어디든 떠나고 싶은 본능

여행은 사실 떠나는 순간 후회하는 경우가 많다. 왜 편한 집 놔두고 고생길에 또 나섰을까.

그럼에도 떠나는 이유를 말해보라면 나는 '짐을 챙기는 시간이 좋아서'라고 대답하겠다. "이건 필요 없으니 빼자" "이건 꼭 챙겨야겠네" 하면서 이것저것 물건을 고르는 과정을 즐기는 것이다.

여행의 길잡이가 될 책들은 많이 구입해서 미리 공부한다. 그러다 보면 어느 정도 일정과 코스 등이 정리되고, 그다음 여행사에 의뢰하거나 직접 찾아보면서 호텔과 비행기 편을 예약하곤 한다.

가끔 부엌이 딸려 있는 호텔도 선택한다. 여행지에서

마켓을 찾는 데 하루이틀 걸리기 마련이라 미리 집에서부터 먹을 것들을 조금 챙겨간다. 시차 때문에 새벽 한두 시쯤 잠에서 깨는 경우가 많다. 그럴 때 아무 준비가 없으면 밤새도록 배고픔을 참아야 한다. 그래서 미리 챙긴다.

새벽 2시쯤 남편과 함께 일어나 챙겨온 누룽지를 끓이고 밑반찬과 함께 먹곤 했다. 반찬은 주로 호두 넣고 볶은 멸치와 오돌오돌한 오이지무침, 오징어채 볶음, 김자반 등이다. 요새는 포장이 훌륭해서 냄새도 안 나니까 좋다.

젊은 날 볶은 고추장을 싸들고 여행 다니는 사람들을 이해할 수 없었다. 그 나라 음식도 맛볼 일이지, 굳이 허구한 날 먹는 한식 반찬이 웬 말인가? 하지만 나이가 들수록 제대로 된 밥을 먹어야만 속이 편하고 든든하니 어쩔 수 없는 한국 사람인가 보다.

내 사주엔 역마살이 있단다. 엄마의 말에 의하면, 내가 서너 살 무렵 매일 대문간에 앉아서 젓갈 장수만 보면 "날 좀 어디 데리고 가요, 네?" 그랬다는 것이다. 어느 날 갑자기 애가 없어지고 난리가 나서 여기저기 찾다보면 새우젓 장수 할아버지네 가서 태연스레 밥을 얻어먹고 있었다고 한다.

어떤 역술가는 내가 이 역마살 때문에 연예인을 하는

거란다.

"아니, 난 늘 같은 자리에서 생방송하는데요?"

그랬더니 역술가는 그런다.

"당신은 한자리에 있어도 사람들이 돌아다니면서 듣잖아."

나는 가만히 있는데 사람들이 집에 있거나 운전하거나 이동하면서 들으니 그것도 역마살이라는 거다. 조금 이상하지만 나름 해석이 재미있어 기억에 남았다.

입버릇처럼 여행 가고 싶다고 말하는 것은 나뿐만 아니라 모든 방송쟁이들이 다 그럴 것이다. 생방송을 하면 절대 자유로울 수가 없다. 집에서 쉬다가도 방송국으로부터 급한 연락이 오면 지체 없이 나가야 한다. 그러니 자기 시간을 마음대로 누릴 수 있는 여행을 꿈꿀 수밖에 없다.

가끔 틈을 내어 어렵게 여행을 떠나게 되면 그때마다 같은 생각을 한다. 늘 떠날 듯이 산다는 것은 얼마나 귀한 일인가. 배낭 하나만큼만 짐을 쌀 줄 아는 마음, 다른 것에는 미련을 두지 않는 마음…… 그때 그때 만나는 산과 강과 사람을 고마워하고, 돌아서면 또 다른 산과 강과 사람을 만날 준비를 하는 마음…… 낯선 곳을 찾아다니지 않더라도 늘 낯선 곳에 있는 듯 자유로운 마음, 선선한 눈빛으로 자기를 돌아볼 줄 아는 마음…… 잔가지에 얽매이지 않고 중심의 본 줄기를 찾는 마음.

군이 짐 꾸려 떠나지 않더라도 하던 일 그대로 하면서, 서 있는 자리에서 조촐한 오솔길을 내볼 일이다.

최고의 산책 코스

여행작가 김남희 씨가 만든 '방과 후 산책단' 프로그램에 참가한 적이 있다. 말이 좋아 산책이지, 작은 숲길에서부터 산 자락길 등 강도가 제법 센 코스도 있었다. 산책단에서 동생 희경이와 내가 최연장자 급이었다.

세 시간 동안의 산책은 백사실 계곡을 지나 안골, 뒷골, 부암동, 인왕산 숲길, 마지막으로 수성동 계곡에 이르러서야 끝났다. 평지는 괜찮았는데 끊임없이 나오는 숱한 계단 때문에 오르락내리락해야 해서 제법 괴로웠다. 스틱이 없었으면 우린 진즉에 죽었을 것이다. 특히 내리막 계단은 우리처럼 무릎 나간 뚱녀들에겐 사약과 같다.

남희 씨가 정성스레 준비해온 다과를 먹으며 함께 산책

한 동무들을 둘러보았다. 눈빛들이 하나같이 참 고왔다.

이튿날 희경이 다 죽어가는 목소리로 전화를 걸어왔다.

"언니는 괜찮아?"

동생에 비해 나는 그렇게 엉망은 아니었다. 옆에서 남편이 한마디한다.

"그러게 내가 뭐래? 우리 동네 뒷산 정발산이 최고야. 요새 사람이 좀 늘긴 했지만 인적 드문 시간에 걸으면 되잖아."

다음날부터 운동화만 신으면 후딱 다녀올 수 있는 동네 뒷산을 걷기 시작했다. 큰 산은 아니지만 숲에서 나는 냄새를 맡으니 기분이 좋아진다. 참 희한한 것이, 다른 나라의 숲에서는 이런 냄새가 나질 않는다. 꼭 우리 숲에서만 이런 기분 좋은 냄새가 난다. 풀내음에 꽃향기까지 얹혀 있다. 황홀한 내음이랄까.

라일락인가? 아니면 아카시나무? 쥐똥나무꽃? 몇 가지 냄새가 섞여 있다 했더니만, 뉘 집 담장 구석에 미니 라일락이 피어 애잔한 저녁녘에 그리울 게 없는데도 마냥 그리운 향기를 바람결에 흘려보내고 있었다. 산책길에서 만난 찔레꽃, 국수나무, 이팝나무, 등꽃들도 내 눈을 즐겁게 해준다.

남의 동네에서 고생고생하며 걷고 왔는데, 우리 동네 뒷산의 둘레길을 걸으니 세상 편했다. 코스도 만만하고 진흙도 평평하게 다져져 있어서 이 정발산 길이 내게는 최고라는 결론이다. 오가는 길에 정성스레 가꾼 남의 집 뜰 안을 기웃거리는 기쁨에 더해, 귀가하면서 교통 체증에 걸릴까 걱정하지 않아도 되니 이 정도면 최고의 산책이다.

우리 집 뒷산 말고도 즐기던 나만의 코스가 또 있었다.

늘상 나는 아침 6시에 일어나 개를 산책시키고 남편과 가래떡을 구워 아침을 먹는다. 기름을 두르지 않은 프라이팬에 누룽지처럼 노릇노릇하니 구워서 조청을 찍어 먹은 후 후식으로 과일과 커피를 마신다. 남편의 도시락을 싸고 곧바로 샤워한 후 집에서 나오기 전까지가 아침 일과다. 다른 연예인들처럼 밤 늦게까지 일하고 새벽에 취침해 오후 늦게 기상하는 패턴이 아니므로 일찍 일어나 출근하기까지 일정은 이토록 간단하다.

아침 라디오 프로그램을 진행하며, 두 시간 동안 계속 말을 하면 이내 배가 고파져서 먹을거리를 자주 챙겨 나간다. 찰떡을 주문해서 얼려놨다가 새벽에 꺼내 놓으면 방송 시작하는 9시쯤이면 방금 만든 떡처럼 몰랑몰랑해진다.

1999년 처음 '여성시대' 진행을 맡았을 때도 오래전부터 아침 생방송을 해온 사람처럼 천연덕스럽게 이른 출근을 잘 적응해나갔다. 그렇지만 너무 일찍 출근하다 보니 청소아줌마께 방해가 되는 듯싶어 선뜻 건물 안으로 들어설 수가 없었다. 결국 생각한 방법이 운동이었다. 월 십여만 원만 투자하면 아침시간을 효율적으로 보낼 것 같았다.

다음 날부터 주변의 여러 스포츠센터를 찾아 다녔는데 방송국 주변에 있는 실내 헬스장은 거의 다 회원제로 운영되었고 편치 않았다. 고민만 하면서 며칠을 보내다가 어느 순간 퍼뜩 깨달았다.

'맞아! 이 넓은 한강 둔치와 멋진 여의도공원이 있는데, 왜 답답한 실내에서 헉헉대며 땀을 흘려야 하지?'

조금 더 일찍 집을 나서면 한강 둔치나 공원을 한 시간여 걸을 수 있었다. 걸으면서 오늘 할 일을 생각하고 묵상하는 시간을 가졌다. 그러곤 그 동네 공중목욕탕에 가서 씻은 후 출근하는 순서로 아침 일과를 굳혔다. 아주 좋았다. 시원한 강바람을 맞으며 둔치 쪽을 걷다 보면 이른 아침임에도 생각보다 많은 사람들의 운동하는 모습을 볼 수 있다.

강 건너 저편, 잘 닦인 도로에는 그곳을 빈틈없이 메우며 흘러가는 자동차들이 물결을 이루지만 이상하게 강가는 아무 상관없는 듯 고요가 깔려 있다. 출근하는 차들의 분주함이 생각만큼 시끄럽지 않았다. 묘한 정적과 고즈넉함이 새벽 강가엔 있다.

쥐똥나무 울타리와 토끼풀밭, 그리고 갈대가 강가 주변에 가득하다. 뛰거나 걷거나, 자전거를 타거나 강아지와 놀거나, 아침까지 술 취해 있거나, 강변을 바라보며 단둘이 앉아 진한 장면을 연출하거나, 벤치에서 자는 노숙자의 마른 나뭇가지 같은 발가락이 보이거나…… 이곳 한강 둔치로 내려와 걷기 전까지는 몰랐다. 이렇게나 많은 사람들이 그곳을 즐기며 누리고 있었다는 사실을.

20년 만에 다시 만난 미미와 보보

새로운 일거리가 하나 생겼다. 아는 분으로부터 작은 푸들 한 쌍을 선물로 받은 후 일상에 큰 변화가 생겼다. 두 달 남 짓한 어린 강아지들을 쫓아다니며 먹이거나 똥오줌을 치우 는 것이 요즘 가장 큰 일이 된 것이다.

이전에 퍼그 종 암수 두 마리를 각각 16년, 17년 동안 키우다 떠나 보냈다. 그 후 2년이 지나도록 우울함은 가시 질 않았다. 인생의 낙이 없고 뭔가 축 가라앉은 기분…… 남편과도 별 얘깃거리가 없고, 일과가 고되면 이른 저녁에 도 그냥 잠들어버렸다. 돌봐줘야 할 늙은 개가 이제 더 이 상 세상엔 없다는 게 모든 것에 다 심드렁하게 만들었다.

그 당시 늙고 병든 개 두 마리를 돌보는 일도 쉬웠던 건 아니다. 힘에 부치는 순간도 많았다. 정작 문제는 나보다도, 함께 사는 친정엄마에게 더 크게 다가왔다. 부부가 밖에서 보내는 시간이 많다 보니 결국 개 수발은 엄마의 몫일 수밖에 없었다.

무릎이 아픈 엄마에게 늙은 개 수발을 맡기는 것도 못할 것이다 싶어, 나는 모진 결심을 하고 말았다. 두 마리 모두 자연사가 아닌 주사를 맞혀 떠나보낸 것이다. 물론 앞으로 며칠이나 더 버틸 수 있을까 싶게 나쁜 상태였지만 그래도 이런 방법으로 떠나보낸 것이 너무나 가슴 아팠다.

수놈은 지레 자신의 죽음을 알았는지 식음을 전폐하기 시작했다. 손가락 끝에 북어 국물을 찍어서 입에 갖다 대주어도 고개를 돌려 일체 거부했다. 그전부터 신장에 문제가 있어 한 차례 수술을 한 적이 있는 녀석이다. 곧 죽는다던 놈을 간신히 수술해 4년을 더 키웠고, 차츰 건강을 회복하여 삶의 질에 문제없이 즐겁게 살다가 세상을 떠났다.

암놈은 늙어서 눈이 안 보이고 귀도 어두웠으며, 허리까지 굽고 뒷다리에 힘을 쓰지 못했다. 그렇지만 수놈이 떠난 후 짝 없이 13개월을 더 버티다가 떠났다. 늘 품에 안고 쓰다듬어줘야만 편안해하던 녀석이다.

밥 먹다가도 갑자기 기절하는 그놈을 보면서 나는 반

년 가까이 고민하고 또 고민했다. 주사를 맞혀 보낼까 말까…… 그렇게 시간이 흘러 떠나보내던 날.

"보보 있는 데로 가. 이젠 떠나라. 더 아프지 말고!"

녀석을 품에 안고 이렇게 말했더니 갑자기 이상한 애기 울음소리를 냈다. 한 번도 들어본 적 없는 소리였다. 두 마리를 모두 떠나보낸 후에도 나는 집 안 구석구석에 여전히 그 녀석들이 머물러 있다는 느낌이 들었다. 아이가 없는 내 곁에서 그렇게 미미와 보보는 긴 세월을 함께했다.

'이제 다시는 개를 기르지 말자. 절대로 안 기를 거야.'

수없이 다짐했는데 시간이 지나 이렇게 또 시작을 하고야 말았다. 그러게, 세상에 절대 어쩌구저쩌구라는 약속일랑 하지 말 일이다. 미미와 보보가 어렸을 땐 우리도 한창 때였다(내가 37세, 남편은 40세였다). 겁도 없었다. 어느새 세월이 흘러 우리는 다시 강아지를 들였고 이름도 첫 아이들과 같이 미미와 보보로 지었다. 성향도 예전의 두 마리와 어찌나 비슷한지 신기했다.

56세의 나와 59세의 남편이 강아지를 쫓아다니는 일은 좀 버거웠다. 목욕시키는 일 등 여러 가지가 벅찼지만 그럼에도 작은 변화가 생겼다. 엄마 말을 빌리자면 미미와 보보가 오고 나서 내 목소리가 밝아지고 톤이 높아졌단다.

어린 강아지들의 잠꼬대 옹알이하는 모습을 지켜보는 것도 재밌고, 아침결에 둘이 기운 좋게 장난 걸며 뒹구는 소리를 들으면 빙그레 웃음이 지어진다. 강아지 젖비린내도 좋고, 나를 바라보는 그 집중의 눈빛도 여간 좋은 게 아니다. 밖에서 일하다가도 어느새 마음이 급해진다. 안방 문 앞에 우두커니 둘이 기대앉아 나를 기다리는 모습이 눈에 선하기 때문이다.

우리 부부가 나이 들어가는 것처럼 미미, 보보도 함께 나이 들어갈 테고 앞으로 같이 보낼 세월이 덜 심심할 것 같다. 사람은 모름지기 좋아하는 것을 하고 살 일인가 보다. 강아지를 키우는 일이 내게 그렇다.

상큼한 내 짝꿍

'제대로 된 사람 사이'란 어떤 것일까?

슬픔을 나누는 건 어렵지 않다. 제 설움에 겨워 함께 울어주면 되니까. 하지만 기쁜 일에 사심 없이 함께해줄 친구가 과연 몇이나 될까? 우아하고 좋은 모습만 보여주기란 쉽다. 그러나 치부를 보임으로써 서로 상쇄될 수 있는 사이가 있을까? 이런 경우가 쉬운 일일까?

사람 사이에 이런 관계는 없다고 결론지었을 때쯤 나는 그 사람을 처음 만났다. 서울에서의 첫 만남부터 다섯 시간을 내리 쉬지 않고 얘기했다. 그저 사는 얘기였다.

그는 저녁마다 내 친구들과 어울려 된장찌개와 낙지볶음 등을 먹었다. 죄 다 여자인지라 우리끼리 수다를 떨면 가만히 듣고 웃다가, 가게를 나설 때쯤 잽싸게 달려 나가 계산하곤 했다. 우리는 그 사람을 '물주'라 불렀다. 성이 조씨니까 조물주!

그 후로 열흘을 더 만났는데 참 이상했다. 남자 앞에 서면 으레 발동하는 치기가 묘하게 잠잠한 것이었다.

'이래도 떠나지 않겠다고? 이래도 계속 내 옆에 있겠다면 그때는 봐줄 수도 있지' 하던 식의 치기가 이 사람 앞에서는 생기질 않았다.

세 번째 만나던 날, 지나는 말처럼 그가 물었다.

"특별한 결혼관이 있어요?"

"결혼관이요? 음, 가만있자. 네, 같은 믿음이어야 하고 우선 내가 좋아해야 해요. 이게 문제예요. 내가 누굴 좋아해야지, 누가 먼저 나를 좋아하면 나는 닭살이 돋아서요."

그러자 하는 말.

"양희은 씨, 보이는 것 말고 그 뒤에 뭔가가 있는 것 같습니다."

"제 뒤요? 하하."

만난 지 열흘 되던 날 그는 나에게 시간이 있느냐, 좀 만나자고 했다. 그날은 하필 4월 1일 만우절이었다. 여럿이서 만나던 여느 때와 달리 그날은 처음 단 둘이 자리를 하게 되었다. 이곳저곳을 돌며 어디 조용한 곳이 없을까 찾아다니면서 장소를 옮기길 서너 번이었다.

"내가 워낙 말주변이 없어요. 우리말도 그렇고, 영어도 그렇고…….."

"그럼 베트남어로 하세요."

그가 베트남어를 전공했음을 떠올리며 얼른 이렇게 말했다.

끙끙 앓으면서 겨우 뱉은 말은 청혼이었다. 어찌 된 셈인지 당연한 말을 기다리고 있었다는 듯 나는 더듬거리는 고백을 듣고 있었다. 생시가 아닌 듯도 했고, 영화의 한 장면을 보는 듯도 했고, 혹은 상대와 인터뷰를 하는 것 같은 느낌도 들었다.

내 결혼 소식을 전해 들은 주위의 반응은 한결같았다. 첫 번째 반응은 "농담하지 마" "웃기지 마"였다. 한참 동안 설명을 들은 후 눈물을 글썽이며 "세상에, 세상에. 정말 잘됐다. 잘됐어" 하다가 이어진 질문은 "어쩌다 그렇게 되었니?"였다. 어쩌다 그렇게 되었느냐는 질문에 대해서는 우리 두 사람 모두 똑같은 대답을 했다.

"청혼을 거절당할지 모른다는 걱정을 조금도 하지 않았다는 그 사람처럼, 나도 우리의 결혼에 대해 한 번도 뒤집어 생각해본 적이 없었어."

마음이 변하면 어쩌나 하는 걱정 따위가 억지로라도 떠오르지 않았다. 무엇으로 그런 확신을 하느냐고 묻는다면 딱히 대답할 말이 없다. 그냥 안다. 그냥 명징하게 알 수 있었다.

그 사람은 나를 국민학교 때부터 알고 지낸 짝꿍 같다고 했다. 우리 엄마가 "왜 진작 만나지 그랬어? 어디 있다가 인제 나타나, 그래?" 하고 때 아닌 투정을 하시자 그 사람이 한 말이다. 국민학교 때부터의 짝꿍…… 진작부터, 아주 오래오래 전부터 알아왔던 사이.

"그 사람, 레몬 같아. 육질이 아니야. 식물성이야. 상큼해."

주위 사람들에게 남편 될 사람에 대해 이렇게 설명하곤 했다. 나는 상큼한 사람과 결혼했다.

5

나답게
살면
그만이지

여자라고 주례 서지 말라는 법 있나

가장 최근에 주례를 섰던 가수 육중완부터, 드라마 〈인간수업〉의 극본을 쓴 진한새 작가 등 많은 지인들의 주례를 섰다. 왜 나에게 주례를 부탁할까? 주례사가 짧을 것 같아서?

주례를 부탁받으면 미리 결혼식 전에 신랑과 신부를 만나서 인터뷰한다. 왜 서로를 배필로 정했는지 묻고 대답을 듣고 그것을 바탕으로 주례사를 한다. 많이 안아주고, 많이 웃고, 많이 이야기 나누라는 내용이다.

요즘은 장인이나 시아버지가 주례 대신에 성혼선언문을 읽고 신랑 신부에게 부탁하고 싶은 얘기들을 하는 경우도 많다. 그게 참 좋았다. 생판 모르는 누군가를 주례 자리

211

에 앉히는 것보다 집안 어른의 말씀을 듣는 것이 더 좋아 보인다.

첫 주례를 맡았던 때가 기억난다. 연극배우 오지혜의 결혼식이었다. 아주 무거운 숙제를 떠안고 있는 기분이었다. 1968년 고교 시절 YWCA의 와이틴(Y-Teen) 활동을 할 때 연극배우 오현경 씨를 초대해서 신기한 세계여행 이야기를 들은 적이 있다(그때 오지혜는 윤소정 씨의 태중에 있었다).

우리는 사해에서 담아왔다는 물과 온갖 동전들을 신기하게 보며 맛깔스러운 그분의 이야기에 심취해 웃기도 하고 진지해지기도 하면서 좋은 시간을 보냈다. 초등학교 시절 김찬삼의 세계여행기가 우리에게 꿈을 주었다면, 오현경 씨는 우리에게 꿈과 선망을 더 구체적으로 심어주셨다.

세월이 한참 흐르고 노래로 사람들 앞에 선 지 몇 해가 지나서 오현경, 윤소정 씨 댁에 가볼 수 있었다. 배우의 자녀들답게 두 남매는 전혀 낯을 가리지 않았다. 무언가 해보라고 시키면 두 남매는 콩트 비슷한 공연을 펼치며 재롱잔치를 보여주기도 했다.

1970, 1980년대에는 일과 중 빈 시간이 생기면 윤소정 씨가 하던 이촌동의 '소정 옷집'에 가서 차를 마시거나 다음 일정까지 쉬면서 보냈다. 그러면서 신부 오지혜가 자라

면서 남긴 재미난 이야기를 많이 들었다. 부모를 따라 전공도 연극영화과를 택했고 그 아이의 우상이 양희은이라는 걸 전해 들으면서 킬킬댔다.

그러다가 결혼하면 주례는 양희은 아줌마께 부탁할 거라는 얘기에 그저 웃긴다고 여겼더랬다. 그런데 긴 우리 인연 앞에 실제 상황이 펼쳐진 것이다. 신부의 얘기인즉 어느 결혼식엘 가도 주례는 뻔하더란다. 은사나 집안 어르신들의 지인, 유명 정치인의 주례사는 주인공들조차 귀담아듣지 않고 꼭 교장 선생님의 듣기 싫은 조회사 같단다. 오지혜는 못을 박았다.

"내 결혼식 주례는 진작부터 양희은 아줌마야."

지혜의 뜻보다도, 경우 반듯하고 보수적 성향으로 둘째 가라면 서러울 신부의 부친 오현경 씨께서 재미난 생각이라며 지체 없이 허락하셨다는 데 놀랐다. 신랑 쪽에서도 기꺼이 찬성! 곧바로 청첩장이 인쇄되고 만 것이다. 신부의 말에 의하면, 진짜 놀랄 일은 모든 젊은 남자들의 뜨악한 표정이었단다. 심지어 양희은 아줌마 노래라면 깜빡 죽는 남자까지도 그건 아니라고 도리질을 하더라는 것이다.

20, 30대 젊은 남자들의 주례 반대가 오히려 나로 하여금 꼭 주례를 서게 만들었다는 것이 요점이다. 결혼은 남녀

가 각자 등에 업고 살아온 가족사를 풀어내며 일가를 이루는 것이다. 다시 말해 새로운 가족사를 쓰기 위한 긴밀한 유대이다. 결혼을 축복하는 자리에 어쩌면 남자보다 여자가 더 축사를 할 자격이 있지 않을까. 오현경 씨도 흔쾌히 허락한 주례 자리인데, 못 설 일이 없었다.

당일 새벽, 식은땀을 흘리며 잠에서 깼다. 시계는 새벽 3시를 가리키고 있었다. 꿈을 꾼 것이다. 꿈속에서 경험한 일은 이랬다. 결혼식에 일찍도 가 있었고 텔레비전 녹화 때처럼 옷 갈아입기 편하게 앞에 단추가 달린 셔츠에다가 청바지를 입고 있었다. 물론 주례용 정장은 옷걸이에 얌전히 건 채 가지고 갔다.

결혼식 시간이 다가오고 평상복에서 정장으로 갈아입으려는 순간, 챙겨간 줄 알았던 정장이 없었다. 식을 올릴 시간은 다가오는데, 많은 하객들 특히 원로배우들 앞에서 청바지 차림으로 주례를 선다는 건 있을 수도 없는 일. 어쩌면 좋지? 그래, 아무 옷이나 사 입자. 그런데 옷 사러 갈 시간이나 있나! 게다가 내게 맞는 기성복이 있기나 할까? 이 노릇을 어떻게 해? 이 노릇을! 우째 이런 일이…… 이렇게 한탄을 하다가 식은땀을 흘리며 깨어 보니 새벽 3시였던 것이다.

10월 25일 월요일 아침 6시 30분에 출근해 '여성시대'를 마치고, 잠깐 노래를 하고 집으로 왔다가 목욕하고 단장한 후, 갈아입기 좋게 단추가 달린 셔츠를 입고, 꿈에서처럼 불상사가 생길까 봐 정장을 확인하고 또 확인하며 가져갔다.

남편은 내가 떨며 주례 서는 모습을 도저히 못 보겠다며 로비에서 기다렸다(내가 사시나무 떨듯 얼마나 떠는지를 너무 잘 아니까……). 나는 수줍음이 많고 낯도 가린다. 와들와들 떨다가 크게 심호흡을 한 뒤 주례석에 섰다. 나의 주례사는 이랬다.

인생의 새로운 출발선상에 서 있는 두 젊은이를 축하해 주시려고 월요일 번잡한 교통 사정에도 많은 분들이 와 주셔서 고맙습니다. 오늘은 신랑, 신부에게도 평생 못 잊을 날이겠고 제게도 역시 그렇습니다. 주례 자리가 원한다고 설 수 있는 자리가 아니니까 말입니다. 여섯 살짜리 아우에게는 여덟 살짜리 형이 하늘이듯, 이 두 젊은이는 저를 볼 때 까마득한 어른으로 보였나 봅니다.

서로 다른 가족사를 업고 두 사람이 만나 울타리를 엮어 일가를 이루는 결혼에서 제일 중요한 것은 무엇일까요? 믿음? 상대방에 대한 존중? 서로에게 늘 새로움으로 대하는 것? 뭐니 뭐니 해도 역시 인내가 가장 중요하다고요? 또는 어디에도 없는 편안함?

사람마다 중요한 게 다르지요. 비슷한 사람끼리 만나 사는 것이 좋은가, 아니면 영 다른 사람들이 만나 서로를 채워주는 것이 좋은가, 글쎄…… 이 문제는 우리가 평생 이리도 해보고 저리도 해보고 나서도 어떤 것이 최고더라고 말할 수 있는 게 아니니까, 딱히 결론을 내릴 수가 없네요. 우리가 평생 함께 살아간다는 약속을 지키면서 궂은일도 마음 열고 봐주고, 그 사람을 있는 그대로 봐주는 게 제일 필요한 일일 거예요. 내 식대로 사람을 고치려 들지 마세요. 평생의 반려자는 하늘이 주신다고 합니다. 혼자 살 때도 그럭저럭 괜찮았다면 둘이 합쳐 살면서 두 배 넘게 좋아야겠지요.

하지만 모난 돌이 자갈이 되도록 깎이는 결혼생활은 개인적이고 은밀한 인격의 훈련장일 수도 있겠습니다. 거친 세파 속에서 새로운 둥지를 틀고 서로를 아끼며 위로하는 애틋함으로 바깥세상의 험난함을 이기고, 안으로는 양쪽 집 식구들을 위하고…….

이 세상에 단 하나밖에 없는 바로 그 사람을 만나, 누구도 모를 둘만의 조화를 이루며 무엇보다도 영혼이 평안하면 그게 제일 축복입니다. 두 분 열심히 살며, 서로 참아주고, 용서하시기를…….

주례를 끝내고 사진을 찍고 결혼식장을 나오니, 이제 이 세상 어떤 일도 겁 없이 할 수 있을 것만 같았다. 못할 일이 없을 것 같았다. 그렇게 첫 주례를 선 자리는 지금까지의 삶에서 제일 어려운 자리였음을 고백한다.

나만의 이별식

지난달부터 아팠던 보보는 너무 빨리 우리 곁을 떠났다. 아니, 우리가 보냈다. 아마도 간암인 듯 간이 울퉁불퉁해 보인다는 초음파 진단 결과를 듣고 더 이상의 검사로 괴롭히지 않기로 했다. 그러고 나서 열흘이 안 되어 보보는 떠났다.

사흘간 입원 후, 식구들과 같이 있자고 집에 데리고 왔다. 씹어 먹는 건 일체 거절하고 물만 마셨는데 노폐물을 다 내보내려는지 큰일은 찔끔찔끔 봤다. 그러다가 늘어지면 병원에 가서 바늘 꽂고 집으로 돌아왔다. 링거를 맞는 동안 울타리 안에 가두어 움직이지 못하게 하니까 오줌이 마려운지 짜증을 내며 울부짖었다. 시간이 지나 살펴보니 자리가 푹 젖어 있었다. 보보의 자존심이 여지없이 무너졌다.

어느 날 아침엔 주는 대로 잘 먹더니만 이튿날 새벽에 다 토해버렸다. 7.2킬로그램의 단단했던 몸이 5.2킬로그램까지 줄고, 독한 진통제로 안정을 못한 채 밤새 이 방 저 방을 돌아다녔다.

우리는 보내기로 했다. 자연스레 떠날 때를 기다리는 건 서로 못 할 일이었다. 그날 아침 자기가 갈 것을 안 듯 출근길에 "잘 가, 보보" 하니까 내가 그렇게나 좋아했던 눈빛으로 한참 새기듯이 나를 바라보았다. 보보를 보내고 그날 저녁 남편은 엉엉 울었다. 집에 오니까 너무 생각이 나고 보고 싶다고······.

난 울지 않았다. 무슨 일이 닥치면 일단 일 처리를 생각하며 감정을 누른다. 그러고는 서서히 두고두고 찐하게 그리워한다. 가슴이 저민다. 늘 그래 왔다. 두고두고 나만의 이별식을 갖는다.

보보, 네 눈빛 어찌 잊을까? 우리 보보, 천하장사! 안녕, 잘 가!

시간이 안 난다는 말

'시골밥상'을 찍던 당시 순천에 갔을 때의 일이다. 밥상을 다 차리고 나서 순천만을 한번 둘러보고 싶다고 했다. 팀 전원이 찬성해서 숙소로 가기 전 순천만으로 향했는데, 어마어마하게 큰 주차장과 밀리는 인파 속에서 넋이 나갔다. 그래도 좋았다.

내 친구 남편은 비행기 조종사로서 비행기만 35년을 탔는데, 남들은 세상 구경 다 하면서 월급도 받으니 얼마나 좋으냐고 부러워했단다. 그러나 사실, 세상 구경은커녕 세계 곳곳의 공항만 원 없이 다녔단다. 그건 나도 마찬가지다. 날 보고 세상 여기저기 돌아다녀, 노래 불러, 돈 벌어, 얼마나 좋으냐, 부럽다 한다. 그러나 우리 같은 직업의 사람은 여기저기 구경할 수가 없다. 우린 그저 무대 뒤만 보고 다니기 때문이다.

공연이나 촬영 때문에 서울 바깥 휘이휘이 다른 데 가도 마냥 무대 뒤에서 기다리다가 공연하고, 끝나면 곧바로 집으로 온다. 바깥 풍경을 편히 보며, 놀고 다닐 수가 없다. 일하러 갔으니 일하고 온다. 보통사람들의 출장처럼 역전 풍경, 공항의 느낌은 휙 스칠 뿐이다. 마음의 여유도 없을 뿐더러 실제로 시간이 조금도 안 난다.

가끔은 한걸음 뒤처져서 주변을 구경하고 어슬렁거리며 걷고 싶었다. 정말 그렇게 경험하고 싶었다. 왜 못 하는가? 차 시간 때문에? 정말로 시간이 안 나서? 사람들 틈에서 구경거리가 되기 싫어서? 하고 싶으면 그냥, 거칠 것 없이 하면 된다는 사실을 나는 쉰일곱 살이 넘어서야 제대로 알게 되었다.

순천만에서 우리는 사람들에게 떠밀리듯이 걸었다. 낙조가 예쁘다는데 지는 해도 못 봤다. 갈대도 덜 피었다. 하지만 좋았다. 거기가 어떤지를 직접 눈으로 보고 걸었기에 이것으로 충분하다. 앞으로는 시간을 내서 꼭 하고 싶은 일은 해보며 살고 싶다.

가끔은 한걸음 뒤처져서 주변을 구경하고 어슬렁거리며 걷고 싶었다. 왜 못 하는가? 차 시간 때문에? 정말로 시간이 안 나서? 하고 싶으면 그냥, 거칠 것 없이 하면 된다는 사실을 나는 쉰일곱 살이 넘어서야 제대로 알게 되었다.

어느 아픈 날에

아프고 나서야 건강의 소중함을 알게 되었다. 뭐, 이런 얘기 진저리나게 들어왔지만 나 역시도 같은 말을 하게 될 줄은 몰랐다. 엿새 동안 병원 다니는 일 빼고는 꼼짝 안 하고 누워 있었다. 뽀작뽀작 땀이 났다가 약 기운에 그냥 자다가, 또 깨어 있어도 가라앉듯 다시는 못 일어날 것 같은 기분이었다.

'여성시대' 진행을 맡고 처음으로 스튜디오 밖에서 청취자가 되어 '여성시대'를 들었다. 그건 뭐랄까, 아주 이상한 기분이었다. 마치 어린 날 시험 기간 중에 '한숨 자고 일어나 공부해야지' 하면서 잠이 들었는데, 깜짝 놀라 깨어보니 '아이쿠! 다음날 아침이구나' 하며 학교 갈 책가방을 챙기는 황당함이랄까…… 가슴이 덜컥 내려앉으면서 '아니 내가 지금 이 시간에 스튜디오 아닌 데서 뭐 하는 거지?' 하면서 심장이 마구 뛰었다. 생방송을 매일 진행한다는 건 이렇게 뒷덜미를 당기는 일이라는 걸 알았다.

내친김에 2년 반 만에 종합건강검진도 받았다. 아뿔싸! 드디어 내 몸은 경고의 노란 신호등을 보내다가 이제는 빨간 정지 신호까지 보내왔다. 운동과 식이요법을 하지 않으면 난 서서히 여러 가지 병에 잡아먹힐 수 있다는 진단을 받았다.

생각해보면 참 우습다. 방송에 대고는 건강을 자부하며 잘도 말해왔다.

"그럼요, 몸이 얼마나 정직한데요. 꼭 땅 같잖아요? 뿌린 대로 거둔다, 심은 대로 거둔다. 왜냐면 사람 역시 흙으로 지어졌으니까요."

자기는 전혀 관리하지 않으면서 '일을 많이 해도 *끄떡* 없다'느니 어쩌고저쩌고 했으니…… 여간 부*끄*러운 게 아니다.

매일 두 시간씩 진행하는 '여성시대' 생방송 외에 내 주된 활동은 콘서트다. 콘서트는 일 년에 많이 해야 30일 정도지만, 연습은 우리 팀과 8개월가량 한다. 우리 팀원들은 모두 나에게는 연주인이지만 다른 곳에선 작사, 작곡 선생님으로 활동한다. 일주일이면 사나흘 우리 집 반지하 연습실에서 연습하고, 저녁땐 내가 차린 밥을 맛나게 먹고 헤어진다. 남자 넷에 여자 하나, 거기다 우리 부부까지 일곱 식구의 상을 차리다 보면 어떤 때는 아이고 고되다 싶다.

그렇게 십여 년 넘게 살았다. 허구한 날 생방송 끝내면 틈틈이 장 봐서 반찬 준비하고 연습하고, 일요일이면 몇 가지 반찬 챙겨 시어머니 뵈러 가고…… 그러다 보니 단 하루도 퍼지거나 공중목욕탕에 가서 지지면서 쉴 겨를이 없었다. 또 일의 순서가 결정되면 무섭게 돌진하는 미련함 때문에 그럴 여유가 없었다.

'여성시대'를 들으면서 평소와는 다른 상황이 되어 이 시간 이 방송을 함께 듣는 이들을 떠올려보았다. 그리고 내가 좋아하는 기도문 중 한 구절을 읊조려봤다.

"많은 일을 해낼 수 있는 건강을 구했는데, 보다 가치 있는 일을 하라고 병을 주셨다."

이렇게나마 내 몸을 돌아볼 기회를 가진다는 게 그저 고마울 따름이다.

일하는 나, 일 바깥의 나

멀리 유학 간 조카가 내 동생, 즉 양희경의 뒤를 따라 배우가 되고 싶어 연기 학교에 들어갔다. 발군의 실력을 발휘하며 까다롭기로 유명한 교수님들을 자주 울린단다. 창작연기 과제를 하려면, 생각은 우리말로 한 다음 그걸 일일이 번역하고, 5분 안에 자기를 표현해내야 한단다. 다른 학생들보다 시간도 몇 배로 더 드니 과제를 다 마치고 나면 진이 빠진단다.

"너, 놀라운 아이구나! 어디서 무얼 하다 온 거니?"

"너 같은 아이는 처음 봤다."

"교수 생활 몇 년에 이 노래를 너같이 부르는 사람은 처음이다. 내 친구네 극단이 꽤 괜찮은 곳이야. 너를 추천했단다. 남은 공부를 더 할래? 아니면 한국에 갈래?"

교수마다 반응이 대단하니까 되레 그 녀석이 더 당황했다. 그러다가 시간이 지나면서 다른 아이들은 부쩍부쩍 실력이 늘고 잘하는 게 보이는데, 자기는 그냥 그 자리에서 맴돈다는 생각, 소위 슬럼프에 빠져버렸다.

교수가 조카에게 묻더란다.

"뭔가 부족하다고 느끼니? 너 학교 끝나고 집에 가서 뭐 하니?"

"잘 때까지 대본 보면서 공부해요."

"그래? 그럼 대본을 보지 말아봐."

바로 그 얘기다. 자기 생활은 버려두고 대본만 들입다 파고 있어 봤자 생활이 없는 배우는 진짜 배우가 아니란 말이다. 생활이 없는 방송인 역시 껍데기다. 빙산의 밑둥이 든든해야 그 일각이 드러나는 법! 일상생활의 밑바탕, 살아 있는 이야기, 삶의 고비들이 밑에서 든든하게 받쳐주어야만 방송에서 하는 말도 살아난다. 일상이 정지된 화면에서 맴돌면 우리 직업군의 사람들은 뭔가 맛이 없는 밍밍한 말을 앵무새처럼 되풀이할 수밖에 없다.

사생활에서 나는 철저히 주부로 산다. 라디오 방송, TV 출연, 공연 등등 일이 물론 중요하지만 퇴근 후의 사생활도 소중하다. 내가 무대에서든 방송에서든 살아 있는 얘기를 할 수 있는 것도 '일하는 양희은' 외에 주부로서의 일상이 탄탄하게 받쳐주고 있기 때문이다.

결혼하고 변함없이 늘 같은 일상, 즉 장을 봐서 재료를 다듬고 준비해 맛있는 음식을 만들 때, 그리고 남편이 그 음식을 맛있게 먹어줄 때만큼 행복한 일도 없다. 장을 본 후, 몇 가지 반찬을 만들고 남편과 식탁에 앉으면 그렇게나 마음이 편안하고 그제야 사람답게 사는 것 같다.

내 부엌에서 나만의 방식으로 밥을 해 먹는 일, 제철 채소를 사다가 나물을 무치고, 맑은 국을 끓이고 제철 생선 두어 마리를 맛나게 굽는 일. 그게 무슨 대수냐고 웃을지는 몰라도 내게는 중요하다. 일 바깥의 일상을 소중히 하는 것, 그것이 내 일의 비결이다.

어쨌건 나는 살아 있다

새해가 되었다. 365일을 살고, 칸을 나누듯 해가 바뀌는 게 무슨 의미인가 싶다가도, 그렇게 나누어야 어느 해에 무슨 일이 있었는지를 기록할 수 있다는 생각에 고개가 끄덕여진다. 이 시점에서 새해가 됐으니, 앞으로 무얼 어찌하겠다는 계획과 바람을 꼽아봄직한데 솔직히 아무 생각도 없다.

연말연시에도 일에서 헤어 나오지 못했고, 혼자만의 동굴 안에서 재충전을 꿈꾸어봤지만 그건 사치였다. 차분히 앉아 밥 먹을 틈도 없이 새벽에 싸 갖고 나온 주먹밥을 운전하면서 요기한 게 전부다. 보통 아침 6시 반에 출근해서 밤 11시가 돼야 귀가했다.

며칠 전 눈 온 다음 날 아침, 앞차의 급제동 덕에 조수

석 쟁반에 담은 주먹밥 도시락이 바닥으로 쏟아졌다. 여의
도에 도착하여 주차장에 차를 세운 후에 주섬주섬 떨어진
주먹밥을 올려 담았다. 그리고 나는 아무렇지도 않게 그것
들을 먹었다. 게다가 두 개나 남겨 공연 연습을 끝내고 퇴
근 물결에 포위당한 와중에 내 동생이랑 한 개씩 나누어 먹
었다.

"사실 이거 차 바닥에 뒹굴었던 건데, 뭐 어떠냐? 이거
라도 먹고 요기해야 밤 9시까지 버티지. 차가우니까 꼭꼭
씹어 먹어."

무생채도 감자조림도 주먹밥도 차가웠다. 우리 어렸을
때를 떠올리면 그땐 땅바닥에 떨어진 것을 아무렇지도 않
게 툭툭 털거나 흙만 떼어내고 먹었다. 두 명의 꽃돼지는
나이가 들어서도 이렇게 차 바닥에 떨어진 주먹밥을 맛나
게 먹을 수 있다. 근 두 달째 주먹밥 도시락을 싸 갖고 다닌
다. 운전하면서도 쉽게 쥐고 먹기로는 최고다.

보온병과 물병에 각각 온수와 냉수를 싸 와도 점심때면
다 떨어진다. 자리에 앉아서 뜨거운 밥과 국을 차려 받은
적이 아예 없었던 것 같다. 옷차림도 두꺼운 등산복 바지에
등산 운동화, 그리고 스웨터 위에 걸친 등산용 조끼. 얼핏
보면 노동자의 옷차림이다. 하긴 이 일도 반 이상은 노동이

요, 체력전이다.

녹화는 잘 끝났다. 등산복 차림이 마술이라도 부린 듯 머리부터 발끝까지 무대에서 내내 살아온 사람마냥 화려하게 바뀌었다. 그렇게 특집녹화를 마치고 더는 아무런 기운도 남지 않은 사람처럼 멍하니 운전을 하고 집으로 오며 생각했다.

차 바닥에 떨어진 차가운 주먹밥으로 배를 채우고 따뜻한 밥상과 집안의 온기를 그리워하며 뛰어다니는 나도 양희은이고, 무대의상 입고 화려하게 변신하여 찬란한 조명 아래 웃으며 노래하는 나도 양희은이며, 사이사이 비는 시간에 이비인후과로 한의원으로 치료받고 침 맞으러 다니는 사람 역시 양희은이다.

며칠 전에 모처럼 시간이 느긋해 넉넉히 장을 봐왔다. 무국에 매운 닭찜, 도루묵 조림, 우렁된장국을 해놓았다. 남편의 며칠치 저녁 상차림을 끝내놓은 것이다.

나는 언제 동굴에 들어가 재충전을 할 수 있을까? 무대에서 새가슴으로 떨며 누구도 도와줄 수 없는 외로움에서 버티는 나 또한 살아 있는 나. TV, 라디오의 전원이 꺼지면 웃고 노래하며 재미난 이야기를 하던 나는 사라진다. 하지만 텔레비전과 라디오 밖의 나의 생활은 계속된다.

환상이 사라져도 실제 사람은 매 순간을 살아낸다. 그게 중요하다. 새해에는 양희은으로서의 알찬 하루하루에 더 무게를 실어보자.

새해, 여전히 버티는 사람들

새해인지 헌 해인지 감흥이 없다. 2020년 잘 가라고 한 해를 돌아본다거나 보신각 타종을 TV로 지켜본다거나, 늘 하던 송년모임도, 아무 이벤트도 없이 해가 바뀌었다. 설에 고향 집 어머님 손맛이 밴 따뜻한 밥상에서 식구들과 즐거운 시간을 보내리란 바람도 그저 생각으로만 그쳤다.

오가는 사람 없이 적막한 집에서 뒹굴며 TV를 본다. 아마도 사람 목소리가 그리워서 TV를 트는 것 같다. 라디오 방송일 하고, 장 봐서 반찬 만들고, TV 보다가 자는 게 나의 일이다. 고치 속에서 맴을 도는 게 일상이 되어버렸다.

새해라고 별것 있겠는가? 별일 없이 숨을 쉬고 있다는 것 자체가 얼마나 고마운 일인지 2020년이 가르쳐주고 갔다.

지난해 겨울에는 비대면 공연을 세 번이나 했다. '문화가 있는 날 집콘', '서울×음악여행', 한계령에서 열린 '한계령 평화희망 콘서트'. 이런 비대면 공연은 하면 할수록 사람의 온김이 얼마나 큰지를 알게 해준다. 관객 없이 검은 옷의 촬영 스태프들이 시커먼 기계설비와 함께 서 있는 삭막한 분위기다. 그렇지만 집에서 보실 분들을 생각하며 최선을 다해 불렀다.

여태 50여 년간 노래와 라디오 방송을 하면서 '겉사람 양희은'은 일이 많아 늘 잠이 부족하고, 먼 거리로 이동하는 걸 좋아하지 않았다. 도리어 일이 끊겨 TV나 무대 공연이 없을수록 내 속사람은 고치 속에서 잠자듯 쉬는 것을 즐기며 편안해했다.

장 봐서 반찬 만들어 삼시 세끼 차리고, 혼자서 서랍 정리하는 일을 즐겼다. 그런데 2020년 9월 첫 주에 예정되어 있던 세종문화회관에서의 양희은 50주년 기념 공연도 취소해버렸고(이건 아주 잘 결정한 듯하다), 앞으로 가수 이력의 마무리도 덩달아 당겨질 수 있다는 예측도 해본다.

꽃샘바람 매서운 날엔 으레 먹던 따끈하고 맑은 국물 생각이 간절하다. 엄마가 잡숫고 싶어 하실 것 같아 미리 전화를 걸어 포장을 부탁하려고 복국집에 전화하니 웬 남자가 받는다. "거기 복집 아녜요?" 하니 "폐업했습니다" 한다. 강서구청 앞 그 집은 소박하지만 잘나가는 집이었는데 충격이 크다. 유감이다.

우리 집에서 태어난 나이 든 길냥이(얼마 전 우리 집에서 몇 년간 잘 살다가 사라진 길냥이 까미의 엄마)가 다시 찾아와 고양이 먹이를 사기 위해 동네에서 가장 큰 사료 가게에 갔다. 간판이 보이질 않았다. 내가 뭐에 홀렸나? 갑자기 길을 잘못 들었나 싶어 유턴해서 다시 확인하니 분명 그 자리인데 낯선 철물점이 들어섰다.

골목 끝에 늘 북적이던 돼지고기 김치찌개 집도 없어졌다. 다시금 살피니 틀림없는 그 자리인데 외관이 상큼한 카페가 새로 생겼다. 두 달에 한 번 동창 모임을 하는 삼청동의 얌전한 한식집 주인은 이번 주말까지만 하고 가게를 닫는다고 전했다. 조신한 인상의 주인장은 "그동안 너무 힘들었어요" 한다.

외식을 거의 안 하는 내가 아끼던 두 집이 폐업했다. 잘나가던 가게들이어서 충격이 컸다. 이 봄이 힘겹다. 어떻게 버틸까? 참말로 어떻게 버틸까? 답이 없네.

버텨내는 하루하루가 눈물겹다. 소상공인 자영업자, 일용직 근로자, 서비스업에 종사하는 분들 외에도 많은 이들

이 죽을힘으로 버티고 있는 바깥 현실이 참담하다. 버틸 힘
이 다해 후들거리고 있다.

버틸 수 없는 것을 버티는 게 버티는 거고, 참을 수 없
는 걸 참는 게 참는 거라고 누가 말했을까? 매일 삼백여 통
의 사연 속에서 많은 이들이 안간힘으로 후들거리며 버티
는 현실이 그대로 읽혀 자꾸 마음이 가라앉는다.

노래와 삶이 다르지 않았던 사람

남에게 드러내보이는 직업인 연예인. 무대에서의 태도와 웃음 또는 보도되는 어떤 일들에서 연예인의 이미지는 쌓여간다. 하지만 '열린 직업의 폐쇄성'이라는 상반되는 거시기가 우리에게는 존재한다. 일하는 동안에는 일거수일투족이 다 드러나는 열린 직업이지만, 일 끝나면 사람들 사이에 편히 섞이지 못하니 어디 가지도 못하고 보통은 집에서 보낸다. 그러니 무대나 스튜디오가 자기가 아는 세상의 전부인 친구들도 꽤 있을 것이다.

어쩌면 시장에서 장사하는 이들처럼 일상에서 잘 닦인 능력, 즉 사람을 보는 눈과 귀가 우리에겐 결여되었을지도 모르겠다. 만나는 사람이 많으니 언뜻 생각하면 세상 문리가 많이 트일 것 같아도, 외려 물정을 모르는 친구들도 꽤 있다. 사람을 알아보는 눈이 그만큼 떨어진다는 결론이다. 낯을 가리고 수줍음이 많으며 자기표현도 서툴 수 있다.

나는 목소리가 일단 크고, 말하는 데 주저함이 없어 그런지 단호하고 깍쟁이 같고(서울 말투와 평안도 말투의 합작이랄까) 당당하다고 생각하실런지 모르지만 실은 그렇지 않다. 스스로에 대한 점수가 박하고 자기 비하도 자주 한다. 자신의 잘난 점을 당당하게 내세우는 사람이 부럽기도 하다.

할 말은 눈치 보지 않고 일단 하는 편이라는 건 어느 정도 맞는다. 아예 거르지 않는다는 건 불가능하지만, 마음에 떠오르는 현재의 생각을 중요하게 여기니까 늘 솔직하게 말하려고 한다. 더도 덜도 말고 딱 살아온 만큼, 느끼는 대로…… 그러다 보니 거침없이 말하는 것이 어느새 내 캐릭터가 된 것 같다.

나는 만나는 모든 이들과 소통을 편하게 할 수 있기를 바란다. 예전과 달라진 점이 있다면 좀 부드러워졌다는 것일까? 옛날부터 나를 알던 사람은 "양희은 성질 다 죽었다"고 말하기도 한다. 그게 매력이었다나? 너무 쓸데없이 부드러워졌다나? 가시가 있어야 양희은다웠다나? 내가 얼마나 가시투성이었기에 이런 말들을 던질까.

난 그저 나이고 싶다.

주변에서 나를 두고 하는 말들은 많지만 난 그저 나이고 싶다. 노래와 삶이 다르지 않았던 사람으로 기억되었으면 한다. 노랫말과 그 사람의 실지 생활이 동떨어지지 않는 가수. 꾸밈없이 솔직하게 노래 불렀고 삶도 그러했던 사람.

물론 어떻게 기억되고 싶다고 해서 내 뜻대로 되는 것은 아니지만 말이다. 노래는 어디까지나 듣는 사람, 되불러 주는 사람들의 것이니까.

난 그저 나이고 싶다. 노래와 삶이 다르지 않았던 사람으로 기억되었으면 한다. 노랫말과 그 사람의 실지 생활이 동떨어지지 않는 가수. 꾸밈없이 솔직하게 노래 불렀고 삶도 그러했던 사람.

이런 기회를 주셔서 고맙습니다.

이 세상 모든 고수는 초야에 묻혀 조용히 계신다는 걸 알기에 두렵습니다.

20년 넘는 세월 아침마다 라디오로 저를 만나주시는 MBC '여성시대' 식구들 고맙습니다.

인생이 내게 베푼 모든 실패와 어려움, 내가 한 실수와 결례, 철없었던 시행착오도 다 고맙습니다. 그 덕에 마음자리가 조금 넓어졌으니까요.

무대에서 뵐 때까지 제발 강건히 버텨주세요.

2021. 4월
허일